正略钧策
管理评论

北京正略钧策企业管理咨询有限公司◎著

- 职业发展
- 素质测评
- 薪酬绩效

（第1辑）

人民邮电出版社

北京

图书在版编目（CIP）数据

正略钧策管理评论. 第 1 辑，职业发展·素质测评·薪
酬绩效／北京正略钧策企业管理咨询有限公司著. —北京：
人民邮电出版社，2009.1
  ISBN 978-7-115-19120-5

Ⅰ. 正… Ⅱ. 北… Ⅲ. 企业管理 Ⅳ. F270

中国版本图书馆 CIP 数据核字（2008）第 171485 号

内 容 提 要

本书从职业发展、素质测评和薪酬绩效三个方面论述了国内企业在人力资源领
域普遍遇到的现实问题，并以类似的成功案例分析为佐证，进而提出操作性极强的
问题解决方案。书中图表结合，内容充实，论证科学，指导性强，是一本令人信服
的管理评论精华文集。

本书适合企业管理人员、人力资源及相关人士阅读使用。

正略钧策管理评论（第 1 辑）——职业发展·素质测评·薪酬绩效

◆ 著　　　北京正略钧策企业管理咨询有限公司
　　责任编辑　王莹舟
　　执行编辑　王华伟

◆ 人民邮电出版社出版发行　　北京市崇文区夕照寺街 14 号
　　邮编 100061　　电子函件 315@ ptpress. com. cn
　　网址 http://www. ptpress. com. cn
　　北京隆昌伟业印刷有限公司印刷

◆ 开本：700×1000　1/16
　　印张：10. 5　　　　　　　　　2009 年 1 月第 1 版
　　字数：130 千字　　　　　　　 2009 年 1 月北京第 1 次印刷

ISBN 978-7-115-19120-5/F

定　价：25.00 元

读者服务热线：(010) 67129879　印装质量热线：(010) 67129223
反盗版热线：(010) 67171154

前　言

2008 年恰逢中国改革开放 30 年，我们选择在这个时候出版《正略钧策管理评论》是一件十分有意义的事情。改革开放 30 年来，中国从一个"自我封闭的国家"演化为"拥抱全球的国家"，广大的中国人，尤其是年轻人，从"贪图稳定"演化为"追求梦想"。30 年来，中国博大的市场和吃苦耐劳的人民共同铸就了中国制造业的世界领先地位，同时也形成了一批重量级的企业，造就了一批世界级的中国企业家。企业家引领企业发展，企业壮大进一步扩大了企业家的影响力。从微观层面而言，是企业家与企业的相互作用推动了中国经济30 年的大发展。

回顾过去的 30 年，我们的社会基本是在"打破旧的模式，探索新的模式"的过程中发展起来的。首先是打破，打破就是思想解放，而如何建设一个物质富裕的美丽新世界，基本上是"摸着石头过河"。30 年来，凭着"脱贫"的朴素意愿，凭着青春的冲动，凭着信息不对称，凭着商业嗅觉，凭着敢为天下先的精神，公司沉浮，前赴后继，大浪淘沙，中国大地成为"中国特色市场经济"的试验场，创造了一个又一个的奇迹。随着互联网时代的到来，以及 2001年年底中国加入世界贸易组织，已经被空前释放的中国人的想象力、创造力及购买力，得以与国际资本市场接轨。今天，我们开始出售"中国概念"，我们开始向我们的老朋友输出"中国经验"。30 年巨变，波涛汹涌，沧海桑田，笔者认为过去 30 年的经济发展对中华民族的贡献和影响，要超过"五四运动"后的 30 年及建国后 30 年的总和。如此追溯的话，中国富强之路已经探索和实践了 90 年，而在这改革开放的 30 年，中国人民才算找到迈向富裕的康庄大道。

过去 30 年中，中国商业思想的形成及影响力远远落后于中国大地丰富多彩的商业实践，这也是转型社会的必然，实证性理论研究永远落后于实践本身，虽然个案的商业实践和管理实践可能不具有广泛性和持续性。商业思想是人类文明的重要组成部分，而中国商业社会还很年轻，充满活力，作为新兴市场，其经验上升为思想必然具有普惠意义。这正是正略钧策公司要做的事情，这是我们的事业，我们要持续做下去！

纵观世界，学术机构进行的是前沿课题的研究，是系统体系的研究，杰出的公司应该是商业思想的原料产地，而咨询公司应该有三重责任，这三重责任依次是传播、预见和补充。首先，咨询公司最重要的责任是向企业家和经理人传播成就杰出的行动纲领，并具备将成功的商业经验因地制宜地"转移"到其他企业的能力；其次，一个杰出的咨询公司应该能够预见商业及社会发展趋势，能够成为民间智库；再次，咨询公司还应该是学术机构前沿研究的一个补充。正略钧策公司从 1992 年成立之初，作为本土咨询业的先驱，在中国尚处在"摸着石头过河"的商业环境下，就一直秉承此三重责任或者说是立业理想，不计得失，笃信前行。我们在 2002 年 9 月 26 日创办了电子周刊《正略钧策管理评论》，迄今已近 300 期，订阅读者超过 6 万人。今天，我们正式出版《正略钧策管理评论》也是为了更好地实践我们的三重责任，使得更多的朋友能够有共鸣、有启迪、有收获。

下一个 30 年，中国又会经历怎样的变迁？我们有充足的理由相信"摸着石头过河"的岁月已经过去，一个融入世界的中国即将出现，源于中国的商业思想和智慧必将普惠人类。同一个世界，同一个梦想，正略钧策公司愿以一如既往的执著，为自己加油！为中国喝彩！

（张江燕）

目　录

职业发展

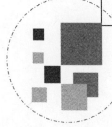

职业发展：企业该做什么

王　斌

职业发展管理作为一个新的概念，近年来被很多企业作为吸引员工或者组织文化宣传的工具大肆宣扬。但在实际工作中，我们发现很多企业对职业发展管理该做什么、该怎么做并没有明确的认识，结果导致大部分企业在职业发展管理中缺乏人力资源管理的技术支撑，使得职业发展的管理成为一纸空文。那么，职业发展管理究竟应该怎么做呢？

1. 规范职业发展方式是基础

一提到职业发展，很多人往往想到的就是晋升。其实，职业发展不仅仅是晋升，所有旨在提高员工职业发展能力、提高员工可雇性的措施（如岗位轮换）都可以称为职业发展。如某企业物流部有个账务稽核小组，账务稽核小组的工作就是将全国销售渠道发回来的票据与管理信息系统进行核对，其工作性质与财务工作相似，但长期以来该小组的员工与财务部员工自成系统，相互之间缺乏交流，导致该小组员工流失频繁。该企业在规范员工职业发展方式上出现了问题。

实际上，规范员工职业发展方式的第一步是进行企业内部岗位序列的划分。岗位序列通常可以划分为主序列和子序列。

所谓主序列，是指几个专业知识相近的序列之和，通常包括管理主序列、职能支持主序列、业务支持序列、技术主序列、营销主序列、操作主序列，如图1-1所示。而子序列是指一个专业类别，如职能支持主序列中的财务管理子序列、人力资源子序列、信息管理子序列、企业管理子序列等。

| | 管理序列 | 对企业经营与管理系统的高效运行和决策的正确性承担责任，包括经营管理子序列的总经理、总经理助理、总监、各部门经理、副经理等岗位 |

管理序列　对企业经营与管理系统的高效运行和决策的正确性承担责任，包括经营管理子序列的总经理、总经理助理、总监、各部门经理、副经理等岗位

职能支持序列　为企业职能管理提供管理、参谋和服务的岗位，包括财务管理、人力资源管理、信息管理、企业管理等岗位

业务支持序列　为企业运营管理提供专业服务和管理监控的岗位，包括行政管理、数据管理、计划管理、质量管理、采购管理、工程管理等岗位

技术序列　对企业产品和技术在行业中的先进性承担直接责任，包括从事产品设计、制版、工艺等工作的岗位

营销序列　对企业产品的品牌及市场占有率承担直接责任，主要从事营销、销售及销售服务工作，包括销售、商品管理、营销支持、营销策划等岗位

操作序列　对产品质量和后勤服务承担直接责任，指各部门从事一线生产作业、辅助生产作业及后勤服务的岗位

图 1-1

笔者在为某服装企业提供咨询的过程中，又将各主序列依据专业知识和技能的差别划分为 25 个子序列，如表 1-1 所示：

表 1-1

管理序列		职能支持序列				业务支持序列						技术序列			营销序列			操作序列					
经营管理	销售管理	财务管理	人力资源管理	信息管理	企业管理	行政管理	数据管理	计划管理	质量管理	采购管理	工程管理	设计	制版	工艺	销售	商品管理	营销支持	营销策划	仓储管理	装修施工	制衣加工	汽车驾驶	一线生产	量体

明确了岗位序列的划分，员工的职业发展方式就可划分为 5 种，如图1-2所示。

（1）子序列内轮岗可以使员工全面系统地了解本专业知识，扩大技能结构

技能结构的扩大，岗位职责的丰富，难度的加大，是培训专业领域专家

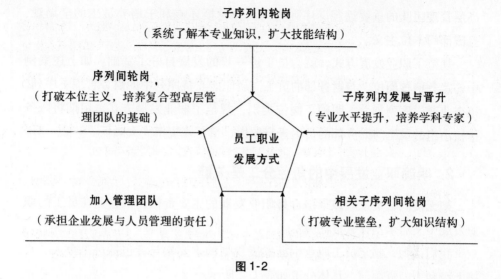

图 1-2

的必然途径。例如，人力资源管理子序列的薪酬管理、绩效管理、招聘管理专员的相互轮换，可以使员工系统掌握人力资源管理各大模块的知识技能，为进一步培养人力资源主管或经理做好准备。

（2）子序列内晋升是最常见的一种员工发展方式，晋升意味着岗位级别的提升

子序列内晋升（如人力资源管理子序列的专员晋升为主管，主管晋升为高级主管）意味着员工管理职责的加大和专业水平的提升，有利于激励员工、鼓舞士气以及企业文化的传承。

（3）相关子序列间轮岗可以丰富员工的专业知识，让员工了解本序列整个系统的运作、减少本位主义思想

当一个序列内的子序列间专业壁垒不是十分明显时，可以采取子序列间员工岗位定期轮换的做法。子序列间人员的轮岗有利于人才跨部门的流动，优化公司的人力资源配置，为员工个人的职业发展开辟更广阔的空间。如由产品设计子序列转向工艺子序列，可以让员工更加系统、全面地了解企业产品从设计研发到生产制造的流程。

（4）加入管理团队意味着将要承担企业发展与人员管理的重任

加入管理团队是激励员工的重要动力源泉。

（5）序列间的岗位轮换主要用于培养企业未来的中坚力量

序列间的岗位轮换，如从生产序列轮换到营销序列，是培养复合型企业

高层管理团队的重要途径。序列间的岗位轮换还有利于培养员工的全局观，打破部门本位主义。

规范了职业发展方式，就为员工进一步的发展打好了基础。如上述案例中的账务稽核岗位，与财务部的员工同属职能支持序列中的财务管理子序列。该企业通过序列划分，明确了岗位类别，规范了职业发展方式，定期将账务稽核小组的员工与财务部的员工进行轮岗，员工流失率大大降低。

2. 明确职业发展中的角色分工是关键

毫无疑问，员工应该承担自身职业发展的主要责任，但企业在员工的职业发展中又需承担什么责任呢？

我们认为，制定员工职业生涯发展规划的主要参与者包括员工个人、直接上级和人力资源部，具体分工如表1-2所示。

表1-2

计划内容	员工	直接上级	人力资源部
职业定位	• 个人价值观和人生目标 • 个人能力特点和专长 • 个人优势和劣势分析	• 绩效考核反馈 • 能力界定、评价	• 能力界定、评价
职业目标	• 研究企业发展战略和经营计划 • 部门职责 • 岗位职责 • 确定个人发展目标及衡量标准	• 提供企业发展方向信息 • 对个人期望的合理性进行辅导 • 提供发展机会	• 提供人事政策咨询 • 提供企业招聘信息
发展路径	• 研究企业职级体系 • 探讨职业发展路径	• 提供职业发展路径指导建议	• 提供人事政策咨询
能力发展	• 探讨达到职业目标所需能力	• 提供指导服务 • 安排相应培训	• 组织培训

员工个人职业发展计划实施的主体是员工本人，员工有责任落实计划，并承担计划实施的后果。另一方面，企业有责任通过辅导、咨询、督促、考核和培训，发展员工能力，创造条件帮助其实现发展计划。

企业中承担员工职业管理职责的是各员工的直接上级和人力资源部。直接上级应该对自己下属员工的能力、兴趣和抱负有较清晰的认识，结合员工职业生涯发展规划，注意把握企业中存在的机会，及时给员工提供可选择的发展途径，培养并鼓励他们积极进取，并结合员工绩效考核，随时掌握员工职业发展方面的进展。人力资源部在整个体系中起到组织协调、咨询和管理作用，保证体系的正常运作。

3. 把人才培养作为部门经理的重要职责

人才培养不仅仅是人力资源部的职责，更是部门经理的重要职责。如康宁公司要求各级管理人员都要担负员工职业发展的主要责任，公司要求每一个主管都要了解下属员工必须掌握的技能、他们的兴趣和价值观，以及他们的职业发展需求等。公司要求管理人员与其团队之间必须就职业发展进行畅通的交流。通过对话与反馈，管理人员找出自己需要了解的员工的能力情况，以及如何去做才能提高每个员工的贡献和对工作的满意程度。

某民营企业老板，从企业成立伊始，便非常重视人才的获取与培养工作，无论什么岗位，凡是企业招聘的人该老板都要亲自面试。在日常工作中，老板也经常找有发展潜质的员工面谈，谈下一步的职业发展与规划。但是随着企业规模的发展壮大，该老板终日忙于企业发展战略，无暇顾及人才的培养。而各部门经理都不愿承担培养人才的责任，甚至在人才招聘中宁可录取那些态度好但能力差的员工，也不愿意招能力强、有发展潜质的员工。至于人才的发展培养，就更不用提了。眼看着企业不容乐观的人才素质，该老板只能心里干着急，后来笔者建议将部门人才培养作为一项考核指标对部门经理进行考核，遂取得了良好的效果。

实际上，在康宁公司实施员工职业发展之初，许多具有资深技术背景的管理人员也不愿意改变自己的行为方式，将人才培养作为自己的职责，因为日常的事务性工作占据了大多数管理人员的精力。为了鼓励管理人员把人才培养放在重要位置，康宁公司将员工培养工作作为考核指标纳入对管理人员的考核，并将考核结果与奖励结合起来。

与此同时，康宁公司大力提倡进行公司改革的思想，督促管理人员将员工的培养当做一整套具有长远利益的措施与思路去考虑。公司在例行的通报中，将一份员工职业开发"成功的十大条件"的报告作为观念上的指南和对各业务单位进行考核的基础。"成功的十大条件"如下所示：

◆ 管理层制定期望值；

◆ 主管需学习新的技能；

◆ 员工使用职业生涯开发工具；

◆ 主管对员工的开发工作负责；

◆ 提供个人职业生涯方面的信息；

◆ 领导层以身作则培养员工；

◆ 追踪开发效果的有效措施；

◆ 员工的培养与其他人力资源系统结合起来；

◆ 有切实可行的方法保持员工开发工作的持续开展；

◆ 对员工和主管进行不断的知识更新。

4. 绩效反馈与改进是重要手段

绩效反馈是改进员工工作绩效的重要方法。通过绩效反馈与改进，找出员工职业发展的短板，对员工进行适时的绩效辅导，是帮助员工进行职业发展的重要手段。

每个工作年度终结之前，根据各自的考核标准，直接上级应该与员工共同回顾、总结一年来的工作业绩，总结职业生涯发展过程中存在的问题，并寻找解决方案，明确员工职业发展的短期目标和长期目标，如果有必要则进行适当的调整。

企业将根据员工在图 1-3 中所示的位置提供相应支持。

态度和工作能力	高	业务指导	业务指导，赋予更大责任	赋予更大的责任
	符合要求	培训发展 内部换岗	培训与指导	培训发展，赋予更大责任
	低	降级／辞退	培训发展 内部换岗	培训发展 加强管理
		低	符合要求	高
			工作业绩	

图 1-3

◆ 被评价为工作业绩、态度与工作能力"双高"的员工会自动列入职级与薪酬晋升的候选人名单;

◆ 对于工作业绩较好、态度积极而能力有欠缺的员工,企业将安排相应的培训,帮助员工发展业务能力;

◆ 对于工作业绩较好、工作能力较强但工作态度欠积极的员工,企业将加大其工作职责,并对其加强管理,帮助员工进一步发挥能力;

◆ 对于工作业绩差、态度积极而能力有欠缺的员工,企业将安排相应的培训,并对其加强业务指导,帮助员工发展业务能力;

◆ 对于工作业绩差、工作能力较强但工作态度欠积极的员工,企业将对其加大管理力度,从转变工作态度入手,帮助员工发展业务能力;如员工对企业的文化、制度和管理方式无法认同,应考虑调换岗位或辞退。

◆ 工作业绩、态度与工作能力"双低"的员工,将被降级辞退。

在这方面,3M 公司是一个很好的典范。每年年末,3M 公司的每一位员工都会收到一份供明年使用的员工工作单,员工在工作单上填入自己如何看待自己的工作内容,指出明年的 4~5 个主要进取方向和期待值。这份工作单还包括一个岗位改进计划和一个职业生涯开发计划。

然后,员工与自己的主管一起对这份工作单进行分析,就工作内容、主要进取领域和期待值以及明年的发展过程取得一致。在第二年中,这份工作单可以根据需要进行修改。此过程旨在根据实现目标过程中的相关因素,突出需要强化和改进业绩的领域。待到年底时,主管根据以前确定的业绩内容及进取方向进行业绩表彰工作。

绩效评估与发展过程还促进了 3M 公司主管与员工之间的交流。他们定期召开业绩讨论会议(一般是一个季度一次),鼓励员工根据需要主动与自己的主管进行非正式的交流。通过绩效面谈,员工的业绩大大改善,同时也提高了员工的工作满意度。

职业发展管理的问题及其对策

王　斌

1. 职业发展管理：缺乏技术支撑的口号

职业发展管理是组织和员工个人对职业生涯进行设计、规划、执行、评估和反馈的一个综合性的过程。职业发展管理包括两个方面：一方面是员工的职业发展自我管理，员工是自己的主人，自我管理是职业发展成功的关键；另一方面是组织协助员工规划其职业生涯，并为员工提供必要的教育、培训、轮岗等发展机会，促进员工职业生涯目标的实现。

近年来，很多组织纷纷将职业发展管理作为吸引员工或者组织文化宣传的工具，但是在实践中真正能将职业发展管理落实到位的组织却少之又少。国务院发展研究中心于2004年发布的《中国人力资源发展报告》显示，被调查样本企业中，仅274家有明文发布的员工职业生涯发展计划，占有效总样本企业的15%；其中只有132家企业按规划行事，占有效总样本企业的7.2%；不能按制度执行的企业则有142家，占有效总样本企业的7.8%。可见，员工职业发展管理的缺位，是当前我国企业面临的一个重要问题。

组织的职业发展管理，是"将个人职业需求与组织机构的劳动力需要相联系而做出的有计划的努力"。做好一个人的职业生涯发展规划，必须在了解个人特质、职业兴趣和组织发展目标的基础上，将二者有机结合，找到个人发展的起点、方向和路径。这个过程是在与企业发展需要的战略方向一致的情况下，通过个人申报、工作设计、工作轮换、工作专业化、工作丰富化、培训开发、组织发展等方法，并通过定期的检讨，切实帮助具体的个人开发其职业生涯，以期实现员工的职业生涯发展规划。可以肯定地说，没有企业的员工职业生涯管理制度的技术支撑，员工个人是无法制定和实施职业发展规划的。但很多企业即使有了口头或书面的员工职业发展规划，由于缺乏人力资源管理技术的具体支持，最终使这些规划成为一纸空文。由于员工的职业发展管理在企业中未能得到有效的建立和实施，员工对自己的职业发展没有明晰的方向和信心，极大地影响了员工工作的自主性、积极性和创造性，同时也成为导致员工离职的最主要原因。

2. 我国企业职业发展管理中的主要问题

（1）员工职业发展通道单一，"官本位"思想普遍

在我国很多国有企事业单位甚至某些民营企业中，员工薪酬的一个重要决定基础就是所处的职位在组织中的行政级别高低。因此，一大批专业技术人员发展到一定层次后，就把精力转移到了谋取职位晋升方面。很多时候，虽然专业技术人员可能不喜欢跟人打交道，也不了解如何跟人打交道，甚至根本不愿意搞管理工作，但是由于只有管理工作才能获得职位等级的晋升，所以他们最终都选择了放弃专业技术工作转而从事管理工作。然而，专业技术人员的这种取向对于企业来说却未必是有利的，因为一部分不懂管理也不喜欢搞管理的优秀技术人员转变角色之后，实际上给企业带来了双重的损失，一是因为失去优秀技术专家所遭致的损失，二是由于接受了不良的管理者而遭受的损失。所以，我们在很多企事业单位看到一种令人沮丧、两难尴尬的局面：一方面，组织的经营管理远离专业化水平，特别具有讽刺意味的是，一些专门研究"科学"、研究"管理"的科研机构或大专院校，自身的管理往往乱糟糟，没有什么科学性可言；另一方面，在业务领域又往往是"重大"的科技投入项目却看不到什么"重大"的有用成果产出。

（2）人才没有分层使用，人才利用效果不佳

笔者曾为一家工程设计院做咨询。该院近年来人才流失现象非常严重，院领导一直认为人才的流失是由于外部诱惑太大而本院的薪酬水平太低导致的。通过深度访谈，笔者发现，薪酬水平是该院人才流失的一个原因，但不是最重要的原因，最重要的原因在于该院的人才使用策略。该院在工程设计项目中，员工无论能力高低，往往都承担本专业设计中从方案设计、计算书编制到画图的全部工作。而实际上，在工程设计中，方案的选择与确定是技术含量最高的工作，对专业技术水平的要求最高；而画图的技术含量最低，一个初级专业人员就能胜任。这样就导致两个方面的问题：一方面，有些技术水平较低、缺乏经验的初级技术人员做着方案设计等复杂程度高的工作，

工程设计的质量难以保证；另一方面，高级技术人员将宝贵的精力浪费到初级的画图工作中，无暇顾及高层次的工作，而且由于画图更多的是体力活，员工干到一定程度就会感到身心疲惫，于是纷纷跳槽。

（3）内部岗位流动机会较少

我国大学招生中，由于信息的不对称，学生在选择专业时往往没有结合自身的兴趣、能力和价值观，对专业的选择常常是非常盲目的。而用人单位在招聘时最看重专业和工作经验，难以考虑员工的个人所长及兴趣爱好等个人特征，同时企业又缺乏年度自我申报流动制度，员工不能按照自己的兴趣、能力来选择岗位和内部流动，可以说员工基本没有自由支配其劳动的权力。"多数情况下，不是人不好，只是没用好"；内部流动不自由，严重制约了员工潜能的发挥。

3. 推行职业发展管理的对策

（1）开辟多重职业发展通道

为了摆脱传统组织职业生涯发展单一通道即单一行政职位通道的弊端，许多组织都为技术人员或其他有重大贡献的管理人员提供了更多的发展机会。例如，海尔集团就分别设置了管理职务和技术职务的发展通道，员工可以自由选择在专业技术通道上发展，或是在管理通道上发展。无论是管理通道还是技术通道，两个通道同一等级的管理人员和技术人员在地位上是平等的，在报酬上也是可比的。图 1-4 所示的就是一个多重职业发展通道：一个工艺员可以选择三条不同的职业发展道路，一条是本专业线，一条是相关专业线，一条是管理线。由于在这三种通道中员工的薪酬水平相近，发展机会也较为相似，因此，员工会选择一种最符合自己兴趣和能力的职业发展道路。

在为员工提供多重职业生涯发展通道时，还要特别注意不同通道之间在任职资格标准、权限、地位上的匹配和衔接，要保证组织人力资源在职业路径上能够公平流动和有效配置。如有的企业在职业发展通道设计过程中，把专业技术类职业通道中的高级职级任职资格标准制定得非常高，企业内部的技术人员无论如何努力都达不到高级技术职级的要求，这样，所谓的技术发展通道就成了一个摆设，依然会造成"管理独木桥"。

（2）对人力资源进行分层使用

分层的人力资源使用，就是按照员工的经验、技能和能力为其安排合适

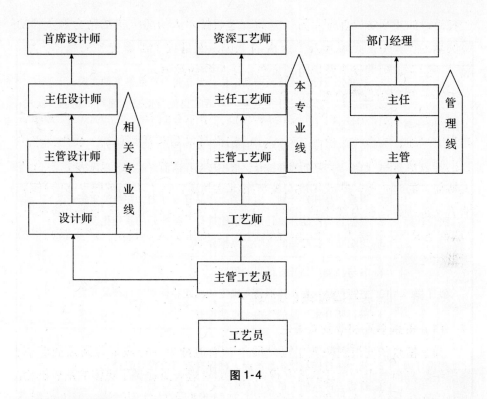

图 1-4

的工作职责范围。

　　对于管理层的员工来讲，就是要每一层都做好定位，做合适的事情。一般来讲，高层管理者应将精力集中在战略管理、组织文化建设、资源建设、重大问题的决策、组织发展与变革上；中层管理的任务是基于战略的目标管理、部门氛围建设、资源管理、影响和促进决策、绩效管理等；基层管理者的主要职责定位应是工作任务管理、团队氛围营造、资源维护、提供决策信息等。

　　对于专业技术岗位的员工，企业在为其设置了技术职业发展通道后，接下来要做的就是将通道分为几个职层，然后对每个职级岗位的责任范围进行梳理。笔者在为一家服装企业做咨询的过程中，通过深度访谈和业务分析，将该企业的设计师分为首席设计师、高级设计师、设计师和助理设计师四个层次。每个层次的责任范围如表 1-3 所示。

表1-3

职级	责任范围
首席设计师	1. 根据公司设计风格及产品定位，发布每季产品开发的主题； 2. 完成每一季的设计企划案，包括收集流行信息、面料、颜色、款式的策划； 3. 负责各季度产品面料及辅料的开发和产品的款式设计； 4. 组织新产品的终端推介，把控产品在店面终端的表现风格
高级设计师	1. 根据产品开发计划，编制品类产品开发计划，并组织实施； 2. 根据品类产品开发计划，组织进行品类产品的系列化设计； 3. 组织品类新产品的终端卖点推介
设计师	1. 参与品类产品开发计划的编制； 2. 进行产品开发，按照预先确定的主题和计划进行产品开发； 3. 进行所开发产品的终端卖点的推介
助理设计师	1. 辅助设计师进行产品开发工作； 2. 就产品打样与技术部沟通，确保样衣符合设计思路； 3. 订货会产品的下单及加单

（3）推行工作轮换制，焕发组织活力

工作轮换制是在不同职能领域中为员工做出一系列的工作任务安排，或者在某个单一的职能领域或部门中为员工提供在各种不同工作岗位之间流动的机会。

根据心理学的研究，就普遍规律而言，一般人都有墨守成规的弱点，换句话说，长期固定从事某一工作的人，不论他原来多么富有创造性，都将逐渐丧失对工作内容的敏感而流于照章办事。这种现象被称为"疲钝倾向"，是提高效率和发挥创新精神的大敌。组织对员工定期进行工作轮换，可以使员工始终保持对工作的敏感性和创造性，克服疲钝现象。因此，很多组织精确地规划了每个员工的岗位轮换计划表。

工作轮换作为一种开发工具在实际生活中得到了广泛的使用。比如，一个有前途的年轻主管可能要花三个月的时间在工厂工作，花三个月从事组织规划，再花三个月去外面跑采购。如果规划得当，这种轮换安排可以使他对组织的方方面面有一个更好的了解。特别是在晋升机会很少的情况下，横向的工作轮换有助于重新激起员工的热情并开发出新的才能。

除了能力开发方面的作用外，工作轮换制度在组织管理上也有很重要的作用。首先，工作轮换制有助于打破部门横向间的隔阂和界限，为培养团队精神和协作配合打好基础。有些组织与部门间的本位主义和小团体主义比较严重，这种现象的发生，往往是由于对其他部门的工作缺乏了解，以及部门之间人员缺乏接触，而轮换可以消除这些弊病。其次，工作转换制有助于员工认识本职工作与其他部门工作的关联性，从而理解本职工作的意义，提高工作积极性。再次，对管理干部来说，在基层岗位进行轮换的经历，有助于他们保持体察下情的谦虚态度，从而减少上下级之间离心离德的可能性。例如，某地有一个以经营效益好著称的旅馆业企业，它的经营秘诀之一就是规定所有的新员工都必须把整理客房、打扫卫生、准备膳食等最初级的工作逐项轮换做完一遍，才有可能申请担任管理职务。

当然，推行工作轮换制度也存在很多困难和阻力。每年大量的员工横向流动是很麻烦的事情，加重了人力资源部门的工作，也会给组织造成一定的影响。但是，如果把自我申报制度与工作轮换制度结合起来，则能在一定程度上减少工作轮换的负面效应。

案例：当员工价值的生命
周期走到尽头

樊晓熙　郭立新

◆ 案例一：张总是某成长型企业的总经理，最近他一想到职员小王心里就犯堵。小王是该公司的老员工了，平时勤恳敬业，工作业绩也没得说——客户满意、同事称赞。可是近两年每到年终加薪，小王总会气急败坏地说"我郁闷"。也难怪，该公司高速成长，每个人都有相当大幅度的薪水增长，只有他的加薪幅度小得可怜，与他同时进入公司甚至他一手带起来的新人都已经成为某业务分支上的负责人，"薪情"早涨到他前头去了。他几次带着质问的口气说："难道对于我的工作公司有什么不满意吗？客户对我的评价不够好吗？"张总对他说："你的薪水在咱们公司从事同样工作的员工中是最高的了。"其实，张总心里很矛盾：公司一直以"倒树型"的方式和速度快速成长着，对员工的期望是能快速在其负责的领域扩大业务，作为负责人再拉起一小班人来，以使公司呈几何倍数增长。小王是非常出色的业务人员，但几年来工作职位和性质都没有什么升迁和变动，业务虽精，却不可能给他太高的薪水。也不是没尝试让他做经理式的负责人，但张总发觉他只是一个出色的兵。他负责的领域虽稳固，却没法开疆扩土。可是，也没有辞退合格员工的道理呀，怎么办呢？

◆ 案例二：某咨询公司接到一个有点儿奇怪的案子：一个仅有几十人的公司要他们帮助其建立法人治理结构，而法人治理结构通常是大型公司才需要的。该公司的董事长赵董面对咨询顾问的疑问很是无奈地说："不建立治理结构，这公司没法运转下去了。"原来，几年前，赵董拿着他的科研成果，邀请原单位的老李等三个同事凑钱合伙搞公司，赵董、老李和另两个人分别拥有 40%、10%、20% 和 30% 的股份。最初的四个人每人身兼数职，原来搞企业管理的老李就负责所有公司注册、审批等大总管式的工作和公司财务工作。没想到短短两年，公司的规模从起家的百十来万增加了十几倍。在公司规模逐渐膨胀的过程中，老李的财务工作先是被专门聘请的财务人员取代，其他工作也一点点地被专业人士取代，赵董感到老李开始对工作力不从心了。这时候，公司开始谋求大的发展，期望通过稀释股权而使骨干员工得以持股，建立激励机制。持股本就少得多、职权范围也在不断缩水的老李终于以各种方式表示他的不满了："这不是卸磨杀驴吗？"在商业原则、做人原则的取舍上，作为商人的赵董该遵从哪个呢？

1. 案例点评：员工流失率何时最高

◆ "生命周期"有尽头

北京正略钧策企业管理咨询有限公司研究认为，员工在某一岗位的价值是有生命周期的，当员工走到生命周期的尽头时，要么换岗，要么换人。

根据这一理论，针对上述两个案例可以进行如下分析。

一个企业发展的不同阶段可分为创业期、成长期、成熟期、衰退期四个阶段，成长期是除了衰退期之外企业员工流失率最高的阶段。在企业成长阶段，公司的销售收入和利润快速增加，人员迅速膨胀，企业的经营思想、理念和企业文化开始形成，与创业初期的企业状况相比发生了巨大变化。这两个案例都是在高成长型企业中发生的人力资源管理问题。

对于张总的公司来说，其倒树型结构应该是：如果任何一个节点不产生分枝，就会影响向下扩张的速度和新鲜血液的补充。在这种企业文化下，小李在该公司该岗位上已经走到生命周期尽头，即便他还是个好兵，但由于无法胜任更高的职位，他可能挡住后来者的路和限制公司的业务扩张，因而他也只能有两种选择：要么以低工资一直从事该工作，要么离开。而据我所知，几乎不会有人选择前者。因而，对于一个快速成长的企业来说，人力资源管理方面可以选择"up or out"的制度，如前所述换岗或者换人。其实这种制度一点儿也不新鲜，中国军队很久以来一直实行的就是这一政策——职务升到一定级别几年后如没得到提升，就要转业或者复员。该案例给每个企业的提示是：健全制度体系，让员工提前知道各岗位大致的生命周期规律，同时在机制上保证为有成长潜力的员工提供一定的学习与成长机会，搭建延长员工在企业的生命周期的平台。案例给每个员工个体的提示是：职业发展有一半的动力来自自身，要尽量通过轮职、学习等方式增加自己的价值水平，不断自主地创造机会延长个体在企业的生命周期。

在案例二中，赵董和老李都应该正视老李在该公司的价值生命周期走到尽头这个事实。对于他曾经有过的功劳，联想集团总裁柳传志的做法就是一条明路，即让创业元老在利益（例如股权收益）上与公司的发展成正比，使他关心公司的发展大于关心自己在公司的权力职位，再劝其尊重自己在该公司的价值生命周期，让他心态平和地接受公司的安排。在这里应该尊重商业原则，至于人性原则，应该通过利益共享等方式来解决。

2. 企业与员工对策

北京正略钧策企业管理咨询有限公司归纳众多案例，认为员工的生命周期规律如下：一个新员工在一个企业里某一个岗位上的价值，可以按照 6 个月为一周期分为四个阶段，如图 1-5 所示：

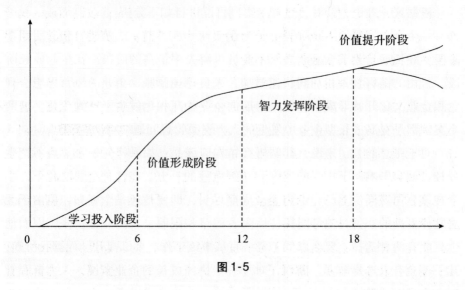

图 1-5

员工生命周期的第一阶段是"学习投入阶段"，从入职到公司工作满 6 个月。在这个阶段，员工对公司基本上不创造明显价值，相反，公司的管理人员还要投入一定的时间和安排一定的费用来对他们进行培养。

第二阶段是"价值形成阶段"，从第 7 个月到第 12 个月。在这个阶段，对员工最好的激励就是认可他的工作成绩。

第三阶段是"能力发挥阶段",一般从一个员工工作一年以后开始,从第13个月到第18个月。在这个阶段,企业应着重挖掘员工在管理能力、综合素质、分析问题和解决问题上的潜力。

第四阶段是"价值提升阶段",这个阶段一般是从第19个月起到第24个月。在很多情况下,这一阶段是第三个阶段的延续和结果。在这个阶段,重要的是首先要评估这位员工是否具有进一步的管理潜能,其次是评估这位员工是否具备把想法变成现实的操作能力。

企业对员工价值的生命周期不了解或是员工自己不了解其价值生命周期,都会导致出现管理上的问题。就企业而言,有的企业会被称为"黄埔军校",这种企业对员工一开始的投入过大,员工价值得到快速成长,但对员工价值重视不够,导致员工大量流失。有些高速发展的民营企业,对员工培训投入不足,太着急要求产出,也没有员工轮岗等对其职务发展的设计,因此过几年员工没有了新鲜感,感到油水被榨干就走了,导致企业离职率颇高,增加了企业招聘成本,对保护商业机密等也不利。对于国有企业改制而成的民营企业,尤其是垄断企业改制后,原来的员工由于待遇高,流动性极差,由垄断到竞争后,会对员工成长非常不利。

同时,不同性质的企业,其员工价值的生命周期会有所差别。国有企业中某个岗位一个人可能干十年八年,甚至一辈子,但这种成长速度在民营企业尤其是快速成长的高科技企业里是不可想象的。不同的员工在企业里的生命周期也是不同的,一个大学毕业生的员工价值生命周期中,能力发挥之前的阶段可以长些,但是一个中层人员来到一家公司,就需要快速发挥作用,否则他的威信难以建立。只有企业期望的员工生命周期与员工自身拥有的生命周期相吻合,才能产生共振。

对企业而言,有四件事可以尝试去完善:第一,可从制度层面明确职业发展通道,让企业与员工都明了本企业各岗位的生命周期规律,从考虑商业运作角度出发先立好规矩。很多企业的内耗来自企业与员工对同一个岗位的基本要求及其发展的预期有误差,而经过员工充分参与后整理出来的相关制度会消除这些不必要的偏差。第二,可以为员工不断创造各种交流与培训机会,既要辅导企业中高层人员掌握并不断提升其对下属的职业发展指导能力,还要为关键的符合企业发展要求的员工提供有关培训、学习的机会,力争有意识地控制并引导员工的职业发展进程。第三,通过有效的动态管理营造一种有序的、积极向上的、有压力的企业氛围，比如定期的关键岗位竞聘机制、业绩区分基础上的晋升与淘汰机制、内部流动与轮岗机制、鼓励进出自由的企业文化导向等软硬环境的建设，激发员工自身的职业发展动力，延长符合企业要求的员工在企业里的生命周期。第四，还要提醒企业注意针对不同生命周期的员工设计完善对应的劳动合同中的相关约束要求，诸如，对"学习投入阶段"与价值形成阶段的人员的培训费用补偿，对"智力发挥阶段"的中高层管理人员及高成本引入人才的服务期限承诺要求，对"价值提升阶段"及关键业务人员的保密协议要求等方面的种种针对性更强的条款。

对员工来说，在选择工作时有三个不适宜：高层管理人员的跳槽不宜跨所有制性质，高层团队更多的是看重共同价值观念，因为企业挖来高层管理人员，期望他立刻为企业带来改变，对于学习和价值形成期，其他高层管理人员和股东不会容忍太长时间。这种失败的例子很多。中层员工跳槽不适宜跨行业，否则，学习周期过长不宜在下属面前树立威信，也很难获得团队的信任。基层人员跳槽不宜跨级别，但可以跨行业，因为一般员工和经理的工作是有很多不同的，又换了新环境，发挥中层作用会需要等待太长时间。

通过企业与员工的共同努力，在相对公开的机制平台里，企业可以不断盘点人才，运用机制优胜劣汰，积极寻求符合企业预期的人才，合理降低企业高速发展时期的员工离职率，并有效控制因此而为企业带来的可能的损失。同时，企业也要协助员工明确其在企业中的生命周期，引导、调动并激发个体职业发展的动力，结合企业提供的各类机会，延长自身在企业的生命周期。

如何改进员工工作和生活质量

祖太明

　　企业作为以盈利为主要目的的组织，需要平衡多个利益相关者的关系。当这种关系出现失衡，某一方利益受到损害时，则会对企业的长期发展带来负面影响。改善员工的工作生活质量，作为平衡利益相关者的重要课题之一，受到企业界越来越多的关注。

　　作为人力资源管理专业工作者，如果发现员工在工作过程中表现出"不健康"的行为，首先要对人力资源管理体系进行评估，检讨公司在员工工作设计、职业生涯管理、薪酬、福利等工作生活质量重要影响因素上的决策与措施是否合理，同时识别员工的潜在需求，制定有针对性的策略，与直线经理共同执行，并为直线经理提供专业指导，如图 1-6 所示：

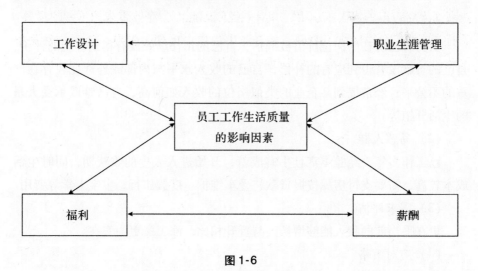

图 1-6

　　工作过程中比较常见的员工工作和生活质量问题，包括岗位价值被低估、受到不公平对待、职业成长受限、工作负荷量过大等，既有企业激励不足的原因，也有员工人个对福利不满的原因。现对企业人力资源管理工作中经常出现的问题进行归纳，并提出应对策略，希望能对管理人员有所帮助。

图 1-7 列示出了员工的三种类型及企业相应的对策。

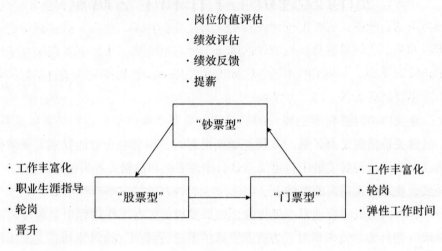

·岗位价值评估

·绩效评估

·绩效反馈

·提薪

·工作丰富化

·职业生涯指导

·轮岗

·晋升

·工作丰富化

·轮岗

·弹性工作时间

图 1-7

1."钞票型"

（1）明显症状

认为自己所在的岗位价值被低估，自己的工作绩效没有得到客观的评价，自己的贡献没有得到应有的补偿，自己的收入水平与内部或外部比较存在严重的不公平；经常提到某企业的类似岗位的收入如何高，自己难以承受大量的生活开销等。

（2）易感人群

已工作多年，经验丰富且小有成就，开始进入人生的收获期，同时生活成本较高，需要支付房屋按揭贷款、爱车维护、度假旅行、宝宝上学等费用。

（3）需求评估

更在乎当前的收入能够增长。与晋升相比，涨工资更为实在。

（4）应对策略

◆ 岗位价值评估

企业在经历多年发展或实施了重大的管理变革等之后，需要对相关岗位的价值重新进行评估，调整薪酬政策，保证薪酬的内部公平性。否则，薪酬政策滞后于企业发展，则可能会出现内部不公平的现象。应经过对相关的岗位进行评估，重新界定岗位的价值贡献，评价岗位薪资政策的合理性。

◆ 绩效评价

绩效管理一直是企业管理中颇具争议的话题，即便是在推行现代绩效管理体系的企业中，也常出现种种问题而无法获得预期的效果。绩效评价是管理者和员工之间最容易出现争议的部分。针对这一类员工，有可能是员工的工作绩效受到了不准确的评价，因此有必要进一步收集相关的绩效信息，并力求客观地评价员工的工作绩效。

◆ 绩效反馈

受到传统文化的影响，大家一般不愿意正面、过于直白地沟通关于绩效表现的问题，而是通过经过修饰、比较隐讳的方式交流，这样的信息就很容易被曲解、误读。甚至有的企业根本就没有绩效面谈这个环节，所以关于企业对自己的绩效评价，根本就无从知晓，这就更容易出现问题。当企业与员工对员工自身的绩效评价存在较大的偏差时，就会出现这类问题。这时候，管理者有必要准确地向员工传递绩效信息，通过坦诚的沟通达成共识，帮助员工正确认识自身的绩效表现及相应的薪酬水平。

◆ 提薪

经过岗位价值评估、绩效评价以后，如果员工的岗位价值或绩效表现确实被低估，则应给予薪酬调整。

2. "股票型"

（1）明显症状

认为自己的价值被低估，自身的能力没有得到认可，公司的晋升标准不合理，公司的晋升决策不公平，某个人不该得到晋升；对当前的工作表示厌倦，工作态度消极，经常公开抨击公司的管理工作，等等。

（2）易感人群

在其他企业有较好经历但在本公司经历有限，长期在某个岗位工作而没有得到晋升，认为自己绩效表现良好但未获晋升，工作时间较短，积极性高但经验有限等。

（3）需求评估

更看重自身的长期发展、升值。与当前的加薪需求相比，更希望在公司发展成长，渴望得到晋升、更多的培训机会和承担具有挑战性的工作，期望能够增强自身的技能。

（4）应对策略

◆ **工作丰富化**

如何科学地设计工作，虽然是理论上经常提到的课题，却没有被实业界给予足够的重视。我们发现，在那些重视这项工作、通过工作丰富化来激励员工的企业，都取得了很好的效果，工作效率也得到了明显的提升，这在制造行业中尤为突出。所以，通过扩大员工工作范围、加大授权、分派更有挑战性的工作等方式，对工作重新进行设计，是解决员工内在激励缺乏的一个重要策略。

◆ **职业生涯指导**

作为专业人力资源管理工作者，应注重提高各级管理人员的职业生涯辅导能力，帮助员工客观评价自己的能力与绩效表现，设计更为合理的职业生涯发展规划，并提供足够的支持。

◆ **轮岗**

轮岗是丰富员工职业生涯、提升员工工作技能的一个重要手段。员工可以通过横向轮岗，丰富工作技能，拓宽视野，从而满足自身学习、成长的需求。

◆ **晋升**

如果员工确实具备提升的条件，则应赋予他更大的责任，给他提供更多的发展机会，予以晋升。

3. "门票型"

（1）明显症状

神色疲惫，有明显的倦态；抱怨工作太忙、紧张；多次出现无意的工作差错，挫折感强烈；烦躁不安，易怒等。

（2）易感人群

处于工作技能要求不高、成长空间有限、职位竞争激烈的一般岗位；繁杂、琐碎的工作占去了大部分的工作时间；工作和生活的平衡被打破，疲于应付，无法满足家庭的需求；学历较高，对生活质量有较高要求等。

（3）需求评估

希望有更多的休闲、娱乐时间。对晋升、提薪等没有过多的期望，希望能够平衡自己的工作与生活，渴望能够有时间多陪陪自己的孩子、爱人等。

（4）应对策略

◆ 工作丰富化

◆ 轮岗

◆ 弹性工作时间

针对这类员工，可以考虑适度地为其灵活设计工作时间，保持一定的弹性，为员工生活提供便利。这样有利于改善员工的工作、生活质量，提高其工作满意度和工作效率。

4. 改善工作和生活质量过程中应注意的问题

（1）准确评价员工的需求

员工往往不愿意表达自己的真实需求，有时会将内在的激励不足表达为对外在的薪酬激励等的不满；或者相反。如果不能够准确地识别、判断员工真正的需求，应对效果必然大打折扣。

（2）正确认识薪酬的激励作用

员工不满意的原因是多方面的，不能够用单一的提薪的方式加以解决。提薪无法弥补员工内在激励的不足，而只会提高薪资成本，必须灵活使用多种激励手段。如果员工不满的原因是绩效表现没有得到合理的评价，提了薪而相应的绩效管理水平不能满足其要求的话，同样的不满仍然会出现。

（3）直线经理的足够投入

员工的满意度很大程度上受到直接上级的影响。管理者对待员工的行为、二者之间的信任关系、授权与否、工作分配、绩效反馈等，这些因素都极大地影响了员工的工作和生活质量，所以，直线经理对改善员工的工作和生活质量起着至关重要的作用。

如何做好个人的发展规划

刘 竞

大学生 A 和 B 比较相似，在学校的表现都属于优良的水平，毕业以后，分别进入了不同的工作单位。三年之后，两个人的命运却产生了差异：A 已经成为公司的骨干，担任部门的主管，每月的收入也在 5 000 元以上；B 还是公司的一般职员，收入只有 2 500 元，正准备寻找机会跳槽。在这三年期间，两个人都跳过槽，都换过 3 家公司，可是最后的结果却大相径庭。A 毕业后进入一家卖电器的商店做销售代理，工作中勤学好问，很快掌握了销售技巧，成为一名不错的销售员；一年之后，A 跳槽到规模更大的电器连锁店做组长；第三年，跳槽到国内知名的电器销售连锁店做部门的主管。B 毕业后进了一家卖电讯器材的公司做销售员；一年后 B 跳槽到一家网络公司做网管；第三年，B 进了一家生产企业做办公室的文员。笔者认真分析了两个人的经历，发现 A 一直在自己熟悉的电器销售行业工作，期间跳槽也是为了有更好的位置；B 却没有找准自己的发展方向，在不同的行业间跳来跳去，最后还是只能从事低级岗位的工作。

如何做好个人的发展规划，笔者认为可以采用下述的个人规划五步法。

第一步，分析自己的性格。每个人的性格都是不同的。有的人性格外向，善于言谈，人际关系能力强，喜欢在公众面前发表自己的言论；有的人则性格内向，忠厚老实，喜欢独立地去思考问题。有的人对事情执著，遇到挫折不气馁；有的人则感情脆弱，容易被失败击垮。有的人喜欢有挑战性的工作，压力越大斗志越旺盛；有的人则喜欢安定平稳的生活，不能忍受过大的压力……任何事情都具有两面性，有好就有坏。热情、善谈的反面就是稳重不足，忠厚、脾气好容易变成没有主见……做个人发展规划先要分析自己的性格，看看自己到底具备上述性格中的哪些方面，看看自己性格中的长处、短处。如果是热情、善谈、喜欢有挑战的人，相对来说比较适合做营销、公关等工作；如果自己内向、认真，则可能适合做财会工作……准确分析自己的性格，一方面便于找到适合自己的岗位，另一方面也可以提醒自己在工作中注意克服性格的不足。

第二步，分析自己掌握的知识、技能。每个人都有自己擅长的知识、技能，有的人喜文，有的人喜理；有的人动手能力强，有的人操作能力弱；有的人思想跳跃跨度大，有的人逻辑思维能力强……分析自己学习和掌握的知识、技能，罗列出哪些是自己精通的，哪些是自己熟悉的，哪些是自己的弱项。然后，再分析自己所从事的工作，胜任岗位需要具备哪些方面的知识和技能，并结合自己的实际情况，确认自己和岗位相吻合的条件，以及不足之处。如果岗位要求具备较高的计算机水平，而自己这方面有欠缺，就可以通过参加学习班或找人传授相关知识来提高自己这方面的知识和技能。只有做到上述这些方面，才能让自己在工作中立于不败之地。

第三步，分析自己掌握的或能够调配的资源。这里的资源不但包括金钱，还包括自己在社会上的人脉。俗话说的好，"有多大的能力办多大的事"，也就是说要尽可能去做力所能及的事情。我们都知道如果要开办公司，就要有一定的资金，最少要保证 10 个月没有利润还能维持公司的运营。同样的道理，从事一项工作，不可能所有的事情都是自己擅长的，如果碰到自己不擅长的事情，就要想到在自己能够调动的资源——自己的同学、朋友、亲戚中，有谁擅长此类事情或从事过相关行业，自己就可以去取经，直接掌握问题的关键点，避免工作中走弯路。

第四步，确认自己的发展目标。笔者不久前碰到了一位念过 MBA 的同学，该同学毕业两年多换了至少 4 次工作，涉及了不同的行业，每份工作都没有超过 6 个月，已经 30 岁了，还没有找准自己的位置，并且还不知道自己适合做什么。笔者认为这个同学就属于那种糊里糊涂生活的人，没有认真分析过自己，没有做好个人的发展规划。笔者并不反对跳槽，但跳槽一定要是有目的、有选择的，最好先采用上述方法，确认了个人的发展目标，围绕这个目标，有目的、有选择地跳槽，这样才能让自己更快地接近或实现目标。如果没有确认自己的目标，盲目跳槽，特别是频繁换行业的跳槽是最不可取的，因为当今社会，工作经验和行业优势已经成为获取成功的必不可少的条件之一，所以确认个人的发展目标尤为重要。

第五步，坚持不懈走下去。世上没有不劳而获的事情，任何人的成功都不是偶然的，一定是有了很长时间的积累，具备了一定的实力才能成功。很多人都奇怪郭德钢的走红，认为他的运气太好了，笔者曾去听过他的相声，领略了他的功底：唱戏的功底、绕口令的功底……笔者也听到过他曾经经历的落魄、艰辛，郭德纲的成功是必然的，那是他多年付出、执著与努力的结果。所以，认准了自己的目标，就一定要坚持不懈地走下去，不管遇到什么挫折，都不要放弃，同时一定要认真学习，只有这样，才能获得成功。

如何树立正确的个人
职业发展目标

马兰兴

任何一个身处职场的人都会在辞旧迎新的时期盘点过去一年的收获，同时规划下一年的自我发展。那么，应该如何树立正确的个人职业发展目标呢？这是值得每一位职场人士慎重思考的问题，这决定着你将在多久的时间内成为你想成为的人。笔者总结自身的人力资源从业经验和管理咨询经验，结合职场朋友的职业发展经历，从正确树立个人职业发展目标的三个步骤，以及追求个人职业发展的几点建议两个方面与读者分享。

1. 正确树立个人职业发展目标的三个步骤

（1）认清自我

大家应该都听过著名的"斯芬克斯之谜"：幼年时需要四条腿走路，中年时则是两条腿走路，而到老年时却变成了三条腿走路……谜语的答案就是"人"本身，但绝大部分的人在第一次听说这个谜语时都无法猜出正确的答案。这个故事很好地反映了一个非常重要的问题：许多人其实并不能全面、客观地认识自己。"全面"是指要正确地认识自己的综合素质，包括形象气质、性格特点、兴趣爱好、专业技能、知识水平等各个方面的内容；"客观"是指要恰当地评价自己。作为一名职业人士，更为重要的当然是评价自己在职场中的地位，区别于其他职场人士的优势在哪里？职场中的哪个位置更适合自己的发展？

微软、盖洛普等国际知名企业对待"选对人重要"还是"培养人重要"的选择都是前者，也就是说一个人的成功主要得益于先天素质而不是经验积累，因此，正确地认识自己非常重要。图 1-8 是素质构成的"洋葱模型"，其中处于外层的知识、技能是最容易通过后天习得的，而处于核心的价值观、态度、自我形象、个性、品质、动机等则是很难通过后天培养改变的，而它们恰恰是决定一个人是否能够胜任某项工作或很好地完成某项任务，驱使一个人做出优秀表现的个人特征的关键因素。因此，全面、客观地认识自己将是树立正确的个人职业发展目标的首要步骤。笔者建议可以通过一些专业的测评手段来达到全面、客观地了解自己的目的。

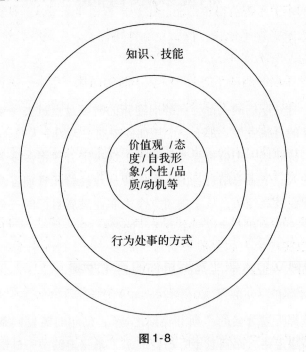

图 1-8

谈到这里可能有人质疑了：难道我连自己都不了解吗？通常情况下，每个人都会对自己有一定的了解，诸如知识、技能、兴趣、行为处事方式、个性等，但有相当一部分人对于自己的价值观、态度、自我形象、内在动机等内在的素质却认识不到，或者认识不够客观，因此需要借助一些科学的手段来达到正确认识自己的目的。只有更全面、客观地了解自己，才能够做到扬长避短，更有针对性地确定自己的职业发展目标，避免做出一些不切实际的选择，从而实现自我价值的最大化。

向笔者咨询过的张某就是一位较为典型的对自己认识不够客观的例子。张某是一家通信公司财务部负责投资管理和合同审计的主管，有着让朋友羡慕的工作环境和收入，但他工作得很不快乐，经常是高高兴兴上班去，满腹怨气回家来，而且有时还因此和妻子闹得不愉快。张某分析自己最大的缺点就是脾气大，在工作中特别容易和他人产生冲突。通过详细的面谈，笔者了解到张某对待工作一丝不苟，勇于维护企业利益，总是不留情面地指出合同中存在的大大小小的问题。有时，对方在特别着急时就总是希望他审得差不多就行，只要不出现大问题就可以了。但张某从来不会少审一遍，或差不多就签字放行，而且对于希望他能"手下留情"的人向来是"横眉冷对"，于是和周围的同事关系都搞得特别僵。张某自己也非常苦恼，都快五十岁的人了，成天和大家搞得不愉快，自己心里也堵得慌，可是自己这个臭脾气吧，劲儿一上来总是管不住自己……

通过专业手段的测试，加上一个多小时的面谈，笔者了解到张某的关键问题并不是"脾气大"这个表面问题，而是沟通能力非常欠缺。在处理合同审计这件事上，他总是容易把某个事务中存在的问题转移到某个人的身上去，从而引发两个人之间的冲突。找到了问题的根源，笔者给予张某一些改进的实质性建议，半年后再次回访时，他的心情已经好了许多。

（2）认清职场

任何事物都有两面性，个人发展同样如此。在正确认识自己以后，是否就可以更好地实现个人职业发展了呢？可以，但还远远不够。大家都明白，在我们选择用人单位的同时，用人单位也在挑选我们，因此，正确地识别职场中的人力资源供求状况对于个人职业发展非常重要。认清职场的内容包括但不限于：

哪个行业更适合我？这个行业在整个经济环境中的发展前景如何？

哪类企业更适合我？这个企业在行业中的竞争力和发展前景如何？

哪类岗位更适合我？这个岗位在企业中的地位如何？

什么样的企业文化更能够获得我的认同，使我工作时更加愉快？

什么样的上级更适合我，我又更倾向于什么样的下级？

……

有太多的问题需要在个人职业规划时提前考虑，树立个人职业发展目标时一定要看到自己职业的长期发展方向，以实现在一定时间内保障自己的发展需求和工作激情的维持，只有能够满足这两个条件的发展机会才是理想的个人职业发展目标。

笔者最近认识的一位朋友曾经拥有不错的职业经历：商业管理大专毕业后进入一家著名的大型零售企业做总经理秘书，因为业绩出色两年后被提拔为一家零售店的副店长，一年后顺利升职为店长，成为当时该集团最年轻的店长，当时她只有25岁。很遗憾的是，她并没有延续这样的发展趋势。因为失恋，她辞了职，在家休息了半年，后来陆陆续续地帮朋友做一些事情，但都没有正式地工作。当终于走出感情的阴影时，她发现自己已经27岁了。后来一家广告公司招聘客服人员，她看到离家很近，就去应聘并上了班，现在做到了部门主管……

第一次听到她的经历时，我从心底里感到可惜，本来可以成长为一名优秀的职业经理人的她由于欠缺对自己职业生涯的规划，三十多岁了还是一事无成。经过交流，笔者发现她性格开朗，喜欢与人打交道，而且沟通能力、协调能力均十分出色，加上原来的职业经历，笔者建议她从以下几个方面规划自己未来的发展：一是确定方向。由于现阶段她主要负责一些部门的内部管理工作，更多的是行政和业务的结合，因此建议她在未来锁定行政管理工作，进而辐射到行政人事管理工作，这样可以充分发挥她在沟通、协调方面的优势；二是确定行业。最好是零售行业或广告行业，或者相关、相近的行业，这样求职才会有竞争力；三是确定未来三年的努力目标。笔者的第一个建议是让她利用业余时间攻读一个行政管理或人力资源管理的本科学位，第二个建议是更换一份符合自己职业发展方向的工作。从表面上看，这位朋友已经至少错过了五年积累的黄金年龄，但是只要调整好自己的奋斗方向，树立合理、恰当的目标，并为之付出持续不断的努力，相信她一定可以越走越好。

（3）主动寻找自我与职场的最佳结合点

只有找到自我与职场发展的结合点，才能使自己真正融入这个行业和这个企业，才能在个人职业发展的方向上做到把握自我，进而把握其中的行业规则，既能够做到展现自我，实现个人价值的最大体现，又能够有效规避行业风险，克服企业内部的发展障碍。

拿职场人士都需要面对的求职来说，笔者建议朋友们结合目标职位的素质模型来分析自己的优劣势，即素质测评中常提及的"胜任力评估"。企业所需要的人才应该具备哪些素质和从业经验？我的竞争优势是什么？而不足又在哪里？正所谓"知彼知己，百战不殆"，只有充分地了解用人单位的需求，才能够有针对性地采取应对措施获得职位，也才能够真正了解这个职位、这个企业是否符合自己的职业发展规划。如果职位与自己的发展方向不相一致，即使某些条件很诱人，建议大家还是应该更为关注自己的"长远利益"。具体来讲，大家可以从以下两点分析自我发展与企业发展是否存在结合点：

① 自己和所在岗位的优化度，能否使自己在完成岗位职责的同时发挥自身的潜力和作用？

② 自身的发展规划和所在企业、行业的优化程度，是否能够在企业、行业发展的同时使自己获得自身价值的提升？

如果答案都是肯定的，那么这个职位值得你用心地做下去，这个企业值得你为它奋斗下去。

小巩和小范是 A 企业同时招聘的本科毕业生，两个人各有特点，分别被安排做了客服专员和研究专员，一年之后，两个人均做出了不错的业绩。A 公司向来注重培养年轻人，也给予大家转岗的机会。小巩特别希望能够转岗到自己更加喜欢的销售，小范则希望转岗到市场。于是，小巩就主动找公司人力资源部询问，在得知没有空缺以后，就去了一个事业部做客服主管。半年后，事业部的销售岗出现了空缺，经过测试，小巩的各项素质均符合职位要求，另外由于提前申请，再加上毛遂自荐和这半年的业务管理经验，他顺利地完成了自己的职业转变。再来说说小范，其实他的资质和工作能力均优于小巩，但由于在自我发展规划上不够清晰，于是一味地听从公司的安排，成了 A 企业一块非常优质的"砖"，哪里需要哪里搬，三年下来，在个人职业发展道路上反而比小巩走得慢了不少。

2. 几点建议

每个人在寻求自我发展的道路上都会遇到一些问题，甚至是困难，如何做到既要坚持原来的发展目标，又能够保持较好的适应性呢？

(1) 良好的心态是成功的一半

每个人的心中都有一个梦想，每个人也会为了这个梦想奋斗过或正在奋斗着，但在前进的道路上，我们总是会无法避免地遇到一些挫折。只要拥有一个稳定、健康的心态，我们就能在遇到问题时正确地对待它、克服它，并且从中汲取经验和教训，从而超越它。

(2) 保持既定的好习惯将事半功倍

进入职场就好比是参加一场没有终点的长跑，要成为最终的赢家，必须持续地努力，不断地进步。要注意养成生活、工作中的良好习惯，诸如科学的作息安排、适当的身体锻炼、职业的言谈举止等，这些习惯不仅可以使人保持身心健康，提升自己的职业形象，还可以帮助自己在职业发展过程中乘风破浪，顺利抵达成功的彼岸。

（3）建立良好人脉，培养自己的情商

在未来的职场中，拥有高情商无疑是成功职业人士的必备素质，从锻炼自己的团队精神和意识开始，逐步建立起自己在部门、公司以及周围的朋友圈中的良好人脉，并与他们坦诚交往。另外，一定要结交一些从事人力资源管理工作的朋友，他们会在你遇到职业发展问题时给予你一些不错的建议。

（4）每天进步一点点

一个人可怕的不是不会，而是不学。即使你毕业于名牌大学，即使你已经成为企业的中坚力量，即使你……无论你已经成为什么，只要你还需要进步，学习就是惟一的解决之道。

（5）关注目前任职企业内的人事变动，留意可能的职位空缺

当出现与自己的职业发展目标更加契合的职位空缺时，你应该自信地为自己争取更大的发展平台。

（6）关注企业和行业的动向

随时关注任职企业乃至整个行业的发展前景，及时地做出灵活的调整，避免因为一些宏观上的变化导致自身职业发展受到意外的挫伤。

（7）平衡好工作与生活

工作与生活是相辅相成、息息相关的，哪一个处理不好都会影响到另一个的正常发展，只有达到二者之间的平衡，才能谋求一个人更大意义上的发展。

成功不是一蹴而就的，成功是需要科学规划的，只有选择最近、最便捷和最适合你的职业道路，再辅之以不断的追求、进步和完善，才能实现你最终的人生目标。

第二章

素 质 测 评

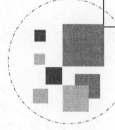

BEI 访谈法简介及其在素质测评项目中的应用

孙悦博

1. BEI 访谈法简介

BEI（Behavioral Event Interview）访谈法，又叫行为事件访谈法，是指以获取有关被访者行为事件为主要目的的访谈方法。

与其他的访谈方法相比，BEI 访谈法有自己的典型特点。从我们实际操作中最常用的访谈方法的角度来讲，也可以看做是素质测评项目中使用的访谈与其他项目中"管理诊断"阶段使用的访谈之间的区别，前者更多是为了获得被访者如何行动的信息，而后者更多是为了获取有关某一主题的事实性材料与信息，被访者如何行动并不是后者这种访谈关心的主要内容。举例来说，BEI 访谈法最常用到的问题模式为："请问您在××事件中是如何表现的？您当时采取了哪些行动？"从问题中我们可以看出，访谈者关心的是被访者"如何表现的"以及"采取了哪些行动"，这也就是 BEI 访谈法与其他访谈方法最大的区别。

2. BEI 访谈法的主要应用范围

BEI 访谈法是随着现代面试技术的进步发展而来的，因此在面试中应用最多。这里提到的面试是指广义的面试，除了访谈者与被访者面对面的交流之外，还包括之前面试问题的设计以及后续面试结果如何评价等过程。

现代面试技术认为，一个有效的面试应当基于以下两条假设：第一，与绩效指标紧密联系的问题更能有效预测被访者在将来工作中的表现；第二，过去行为是将来行为的良好预测指标。因此，现代面试技术会更多地呈现给被访者与工作相联系的典型的实际情境，或者呈现给被访者某些假设的与工作相联系的典型的虚拟情境，然后，访谈者通过发掘被访者在这样的情境下会采取哪些行为来判断该被访者是否适合某岗位。

任何一个岗位对任职者的素质要求都是相当复杂的，任职者需要应对的情境也绝不是单一的，因此，在设计面试问题之前，需要首先解决这样一个问题：一个任职者能够顺利解决工作情境中的哪些问题对于该工作来说是更加重要的，也就是说，在面试过程中，应该向被访者呈现哪些典型情境。从我们实际操作的角度来讲，建立素质模型和编写素质辞典就是为了解决这个问题，这两个阶段的工作是为了在复杂的工作中抽离出来最能反映高绩效指标的情境和行为，因此需要使用 BEI 访谈法。随后的测评阶段，实际上是建模阶段的逆过程，我们在设计好面试问题的前提下，获取我们最关心的典型行为，或者说与高绩效最相关的行为的信息，用以判断某被访者是否适合某岗位。

3. 使用 BEI 访谈法过程中需要注意的问题

从以上对 BEI 访谈法的介绍来看，实际上这种方法只是一种理念，这种理念的目的是为了获取有关被访者行为的信息，而在这种理念的具体操作过程中会遇到很多问题，例如：

◆ 为了获取行为信息，我们需要使用什么样的问题，如何去设计更加有效的问题；

◆ 当我们有了有效程度较高的问题清单的时候，我们应该如何使用 BEI 访谈法的理念去提问，而在这个过程中我们需要获得的是否只有有关行为的信息；

◆ 我们要如何去追问被访者；

◆ 在我们使用 BEI 访谈法提问的过程中，我们可能会遇到哪些类型的被访者；

◆ 在面对不同被访者时，我们自身会受到哪些心理效应的影响；

◆ 我们要如何设计打分表，在什么时候、以何种方式打分会更加客观；

◆ 素质测评是多种测评手段的集合，那么其他测评手段的结果会对面试结果产生什么样的影响，以及这些结果应该如何结合在一起供我们使用。

每一个问题都几乎可以作为一个专题来阐述，但是从我们日常工作的实用性角度考虑，我们面临的可能更多的是如何能尽快操作 BEI 访谈法。下面将着重讲述这个问题，也就是解决上文中提到的"当我们有了有效程度较高的问题清单的时候，我们应该如何使用 BEI 访谈法的理念去提问，而在这个过程中我们需要获得的是否只有有关行为的信息"这个问题。

4. STAR 法在 BEI 访谈法中的应用

BEI 访谈法是为了获取有关被访者行为的信息，但是只获取有关被访者行为的信息是不够的。面试是一个目的性很强的过程，被访者在面试过程中一定会有美化和掩饰自己的行为，他提供给我们的有关他的行为的信息，很有可能是他从书本上看来的，或者是他从别人的讲述中听来的，或者是他根据自己的经验而在头脑中构建出来的。也就是说，我们需要一种手段来判断被访者陈述的事件和行为的真伪，或者说，我们更加关心的是被访者所陈述的事件是不是他亲身经历过的，他所描述的行为是不是他亲自做过的。为了解决这个问题，我们需要在 BEI 访谈法中引入新的技术手段——STAR 法。

STAR 法将一个事件分为 S、T、A、R 四个部分，具体来讲就是：

◆ S- Situation：事件发生的背景。

◆ T- Task：事件发生时，被访者需要完成的任务以及目标。

◆ A. Action：被访者为了完成任务采取了哪些行为以及步骤。

◆ R- Result：被访者当时行为的结果。

STAR 法假设，如果被访者能够描述某个事件的全部细节，则认为这个事件是被访者亲身经历过的，反之则不是。这种方法通过"完整性"和"细致性"来定义被访者描述的事件。当被访者陈述某个事件的时候，如果他的陈述中缺少 STAR 中的某个部分，则认为他的陈述是不完整的；如果他对某个部分的陈述是模糊的，则认为他的陈述是不细致的，在这种情况下，我们则认为被访者提供的信息不足以说明这个事件是他亲身经历过的。

我们将 STAR 法融入 BEI 访谈法，是为了通过获取更加细致的信息，来判断被访者陈述的事件的真实性，这种判断是 BEI 访谈法本身所无法做到的。因此，STAR 法是 BEI 访谈法在实际应用中的必要补充，只有将二者结合在一起使用，才能获得 BEI 访谈法的理想效果。

5. 素质测评项目中 BEI 访谈法使用实例

为了使读者能够有一个更加直观的感受，下面将简单描述一下笔者所在的项目组在某测评项目中对 BEI 访谈法以及 STAR 法的应用。

在该素质测评项目中，我们根据素质辞典设计了问题，问题的类型统一为获取有关被访者过去行为的信息，而不通过假设问题情境来获取信息。在考查"团队激励"素质的时候，我们会问被访者"为了激发您所带领的团队的士气，或者提高大家的积极性，您一般会采取哪些行动和做法？"此时，被访者一般会罗列出很多他能想到的方法，包括组织集体活动、利用开会时间给大家鼓劲儿、单独谈心、树立标杆人物和物质奖励等，但是，我们不能只根据这些相对笼统的信息就给出该被访者该项素质上的得分，我们需要结合 BEI 访谈法与 STAR 法，根据被访者提到的内容进行追问："那请您再具体描述一下，您是在什么时候组织的活动"、"您当时组织的是一项什么活动"、"您在什么情况下组织了该活动"、"在该活动中大家的反应如何"……通过这样的问题组合，能够获取到更加全面和细致的信息，然后根据被访者对这些问题的回答，首先判断其描述的事件是否属实；其次判断该事件是否足够反应该被访者的最高能力；再次，被访者对该事件的描述是否足以让我们做出对他能力的评价；最后，决定是否对该项内容追加问题，如果需要追加问题，则更换另外的角度使用 BEI 访谈法和 STAR 法重新提问。

6. 总结

素质测评项目主要是一个评价人的过程，而人又是复杂的，因此，需要使用到多种测评手段，如能力测验、心理测验（包括人格测验、心理性向测验、行为风格测验和投射测验等）、评价中心技术和面试等。每种测评手段都能够获得关于被访者不同方面的信息，本文仅从面试的角度切入素质测评项目，并且只阐述了面试过程中最宏观的 BEI 访谈法理念，以及如何通过 STAR 法操作 BEI 访谈法，对于更加深入的问题（如文中第三部分所列举出的问题）并没有进行探讨，而这些问题也是保证测评结果具有更高有效性的重要方面。

打造高效的校园招聘

焦进辉

　　Z 公司是一家高速增长的快餐连锁企业，得益于中国经济的持续发展和人们消费方式转变的大环境，公司近几年增长速度都保持在 50% 左右。从整个快餐行业来看，该行业年平均增长速度也远高于 GDP 的增速甚至整个餐饮行业的平均水平，可谓是一个朝阳行业。扩张式的发展自然成了 Z 公司的战略核心。如何打造一条人才快速复制线就成了 Z 公司面临的最紧迫问题之一。

　　Z 公司目前采用社会招聘的形式招聘基层员工，对于未来的管理人员则较多地采用校园招聘的形式。可是，在仅仅一天的时间内挑选三四百人的简历，然后再群体面试下来，人力资源中心的几个招聘专员往往觉得力不从心。更令他们感到沮丧的是，由于公司不可能对校园招聘选中的大学生候选人进行两天的试工，很多表现优异的大学生拿到 offer 后，经过考虑最终放弃了到公司入职。久而久之，人力资源中心的招聘专员对于招聘时的素质概念就变得模糊了，因为优秀的人才离职倾向高，而表现过于平平的员工又不能适应公司的发展要求。

　　针对以上的问题，笔者所在的项目组经过研究，综合考虑了招聘的成本和流程，给 Z 公司设计了第一轮采用无领导小组讨论、第二轮采用基于行为事件访谈法的结构化面试的校园招聘方案。这两个环节的题目都经过精心设计，最大限度地覆盖了 Z 公司的核心价值观、综合管理素质以及目标岗位的专业素质（见表 2-1）。

表 2-1　Z 公司某岗位校园招聘方案和素质匹配表

素质　＼　招聘方法	无领导小组讨论	结构化面试
核心价值观	尊重个人、全情投入	深入调研、挑战卓越

（续表）

招聘方法 素质	无领导小组讨论	结构化面试
综合管理素质	沟通能力、团队合作	学习能力、执行能力、 关注细节、专业性
专业素质	团队领导、经营意识	顾客服务导向、培养指导

本文就把 Z 公司校园招聘无领导小组讨论作为案例，介绍其中一些关键的环节。

1. 无领导小组讨论——高效的人才选拔工具

无领导小组讨论要求所有的应聘者以平等的身份就给定的题目进行集体讨论，发表个人的意见并最终形成统一的意见。应聘者的特征可以在整个讨论的过程中自然地表现出来，也便于招聘官充分发现应聘者的行为及其所要关注的素质。无领导小组讨论的信度随着小组人数的增加而有所提高，有资料表明其效度系数为 $0.15 \sim 0.85$。

2. 无领导小组讨论类型：有情境和无情境的讨论

根据讨论的情境，无领导小组讨论可以分为情境性讨论和无情境性讨论。无情境性讨论一般针对一个开放性的问题进行，比如："你认为防治腐败最好的方法是？"情境性讨论一般是让应聘者根据题目中给出的组织背景和任务要求进行讨论。另外，根据情境是否跟工作相关，无领导小组讨论还可以分成工作情境相关讨论和工作情境无关讨论。

实际的操作表明，对于 Z 公司的校园招聘，情境性讨论比无情境性讨论效果更好。大学生对于有角色的情境性讨论具有更高的参与度，也更有扮演和表现的欲望。在讨论的时候更易于形成争论的焦点，这时候更易于招聘官分辨应聘者的表现和对其素质进行评估。

但是由于大学生往往不具备工作经验，采用工作情境相关的讨论则会扩大一定的误差。假如应聘者具有一定的工作经验，他可能对于工作中的基本技能会更熟知，也会更加健谈，招聘官倾向于对这样的应聘者给以更高的评价。但是就公司要求的素质和发展的潜能来说，这样的应聘者不一定是最佳人选。所以，笔者所在的项目组设计情境时要求尽量普通，或者是易于理解。

3. 无领导小组讨论的题目类型的选择

常见的无领导小组讨论题目类型包括资源争夺问题、开放式问题、两难问题、多项选择题、操作性问题五种。其经典的题目如表2-2所示。

表2-2 无领导小组题目类型示意

无领导小组讨论题目类型	经典的题目示意
资源争夺问题	某公司购买了一辆新车，各部门推荐一位候选人，每个人的情况都有所不同（具体情况省略）。现在需要你们扮演其中的一个角色，对分配方案进行讨论，最后将讨论结果汇报给招聘官。
开放式问题	不断攀升的房价牵动着城市每个人的心，有人认为国家应该大力打击"炒房团"，以保证房价的稳定。请你们就这个问题展开讨论，并形成一致的意见。
两难问题	你认为固定人民币汇率有利于国家经济的发展还是不利于国家经济的发展？
多项选择问题	交通堵塞是现代城市的难题之一，有人提出解决交通堵塞问题的方法包括（具体情况略）。现在请选出你认为的5条最佳的解决方法，陈述你的理由，并和其他人展开讨论，最终将讨论结果汇报给招聘官。
操作性问题	在小岛上建设基地，请大家组成一个设计和实施小组，负责生活区、生产区、休闲区的规划和实施，并利用我们提供的模型完成建设的过程。请大家在规定的时间内完成任务。

4. 无领导小组题目设计步骤

无领导小组讨论的题目设计是在工作分析和素质模型构建的基础上进行的，其基本步骤有工作分析、测试素质和行为标准的确定、测试目的和对象的确定、题目素材的收集、讨论题编制、讨论题的检验和修正、评分表的编制。

笔者认为以上过程中最重要的步骤是测试素质和行为标准的确定、评分表的编制，其中测试素质和行为标准的确定是最难的一步，同时也是跟招聘官评分信度和效度相关最大的关键步骤。许多招聘官反映无领导小组讨论不容易进行打分，可能的原因是：

◆ 招聘官不清楚测试素质的定义、内涵。

◆ 测试素质本身没有一个等级清晰的评价标准。

对于第一个问题，Z公司拟建立招聘官资格认证体系和相应的培训体系，日后会通过职业化招聘官队伍建设来解决这个问题；而要解决第二个问题就在于设计测试素质时要遵循如下几个原则。

5. 设计测试素质的五大原则

（1）针对岗位

要确保在工作分析或者素质模型构建的基础上确定测试素质。

（2）合理选择

有些素质可能并不适合用无领导小组讨论来测试，需要用其他的测试方法。比如表2-1所示的"学习能力"这一素质，按照笔者所在项目组对这一素质的定义和分级，学习能力较高的层次可以分别概括为"举一反三"、"融会贯通"和"提炼升华"。这几个层级的行为标准很难在无领导小组讨论中被观察到，但是在结构化的面试中，却可以通过行为事件访谈的方法判断出应聘者这一素质的得分。

（3）分级明确

测试素质要有清晰的定义，并且应与应聘者在讨论过程中的行为进行对应。比如"沟通能力"的定义是，"针对一定的受众对象，倾听、了解他人的感受，清晰表达自己的意见，与他人进行信息传递的能力。"对于每一种素质，针对不同的层级还有更详细的行为描述。比如第四级"注重技巧"这个层级的行为描述为，"了解根本议题和问题的所在，了解某人感受、行为、担心的原因以及正确看待某人特定的优缺点；通过一些语言技巧（如使用比喻、排比等）清晰地表达较为深奥而复杂的观点；在表达时有意识地使用一些肢体语言作为辅助，增强语言表达的感染力。"招聘官在评判的时候，只要熟知不同行为所代表的等级以及素质，就可以对应聘者进行打分。

（4）指标独立

素质之间要互相保持独立，在解释上和层级定义上不要有交叉的内容。这一点其实很难在现实中做到，很多素质的分层级可能不是很容易辨别清楚，那么就要加深招聘官对于素质分层思想的理解。另外，招聘官对于行为的把握要做到更加准确，从而进行准确的归类。

（5）适量的素质

在测试的过程中，如果要考察的素质过多，势必会分散招聘官的注意力。同时，由于招聘官的评判标准不可能完全一致，过多的指标也会造成评价结果的差异性过大。另外，关注的素质过多会增加素质的相互关联程度，这样就增加了招聘官对素质的定义和理解难度，会造成主观评价成分过多的情况。国外有专家曾就测试维度的数量对考官（招聘官）评价质量的影响进行试验，分别用 3 个、6 个、9 个维度（素质）进行试验。结果是，使用 3 个维度测试时，考官对行为的分类和评价的准确性最高；使用 6 个维度测试时，考官的一致性（即信度）很高；但使用 9 个维度测试时，考官的一致性就下降了很多。在实际工作中，我们一般采用 5~6 个维度进行测试。

6. 招聘官评分表的设计

根据以上五个原则设计出来的素质评价标准，最终要反映到招聘官评分表上。一般的评分表包括以下几个要素：应聘者编号、招聘官姓名、测试维度、招聘官观察记录、分值区间、定量评价、评语评价。

为了便于招聘官进行打分，我们不仅将素质的定义注上，同时也将素质分级的简要行为标准也附上，这有利于招聘官评价标准的统一。表 2-3 是 Z 公司某岗位校园招聘评分表。

表2-3 Z公司某岗位校园招聘评分表

测评素质	行为等级标准
商业意识 密切关注市场、顾客和竞争对手的状况，能够积极和有效地创造与维持商业价值，谋求企业长期利益的最大化。	**5分：捕捉未来机会** ·能够根据直觉对市场上的商业机会进行准确捕捉，然后根据科学的方法和工具进行分析和判断，对市场需求的变化保持高度敏感。 ·善于捕捉或挖掘市场潜在的机会，能预先计划出未来顾客的产品和服务需求，做好新产品和服务的开发计划，抢占市场先机。为了获取商业利益，能够排除各种干扰，必要时能够做出一些强硬的决策。 **4分：捕捉目前机会** ·建立收集市场信息的机制或稳定的多种信息渠道，定期对市场信息进行分析和判断，对市场需求的变化保持高度敏感。 ·善于捕捉或挖掘市场目前的机会，总是能够不断提供满足顾客需求或引导顾客需求的产品和服务，抢占市场先机。 ·致力于追求企业价值的长期提升，合理平衡公司长期利益和短期利益之间的关系。能够对产生商业价值的驱动因素进行精确分析，对内部流程和管理进行系统改造和提升，将资源集中到真正创造商业价值的行动上去。
……	……

评分标准：每项素质最高分为5分，最低分为1分，请根据参与者的表现情况客观公正地进行打分。

素质 ＼ 编号	A	B	C	D	E	F
影响力						
……						
总分						

经过第一轮的无领导小组讨论后，大概会淘汰70%～80%的应聘者，然后再针对所要关注的素质，对剩下的候选者进行结构化的行为事件面试。对

入职的新员工，人力资源中心会将这两个测试的总结果作为最初的素质测评档案进行保存。在员工入职半年后，人力资源中心会再次组织测试，对比前后两次测试的结果以及员工入职后的绩效表现，便可以评估员工的素质发展情况和招聘的有效程度。

基层管理者选拔中的望闻问切

宋 晋

1. 案例

长丰公司是国内一家大型制造企业，目前已成为本行业领域中最有价值的品牌之一。为了顺利实现 2008 年的战略规划，长丰公司急需储备一批各专业领域内的管理人才。咨询公司本次介入的便是该公司二级经理后备人才的测评与选拔。

所谓二级经理即是长丰公司管理梯队中的基层管理人员，包括项目经理、部门内各科室科长、生产车间主任等同级别人员。长丰公司从 400 名员工中选出了 100 名候选人，这些候选人是由本部门领导推荐出来的各领域内的佼佼者，大都是本科及以上学历，年龄在 27 ~ 40 岁。他们中大部分人没有带领团队的经验，小部分人曾担任或正在担任项目管理、车间管理以及科室内小组组长的职务。

咨询公司需要借助专业的测评工具和手段在最短时间内完成人才的测评和选拔工作，最终向长丰公司提供每一位候选人的测评结果定量、定性分析报告及其发展定位、改进建议和培训帮助计划。

2. 选择何种能力素质项

摆在咨询公司面前的首要问题就是究竟该选什么样的人？能通过哪些能力素质的鉴别将这些人从普通员工中很好地区分出来？

由于长丰公司此前并没有建立二级经理人员的素质模型，没有相应的素质项可作为选拔标准的参考，加之项目时间紧、人数多，因此重新访谈二级经理、建立素质模型已不太现实，咨询公司只有依靠以往的咨询经验并根据前期对长丰公司的深入了解去重新建立一套标准和模型。

经过双方项目组详细的沟通与讨论，咨询顾问从能力素质模型库中选出了两种核心素质和三种辅助能力并加以定制化处理，作为本次测评的能力素质项，它们分别是分析判断、沟通影响和计划执行、组织协调、团队领导。由于本次选拔出的基层管理者同时也是中层管理者的储备人才，因此候选人是否具有管理者潜质将被作为考察重点。

从管理学角度讲，管理者素质是指从事管理工作所必备的品质和能力，包括人格素质、知识素质以及能力和身体素质。能力素质的冰山模型（见图2-1）告诉我们，管理者潜质更多地取决于冰山下难以改变的部分，尤其是价值观和动机。美国著名行为心理学家麦克莱兰（McClelland）的动机需求学说指出，人类的三种需求动机分别是成就动机、权力动机和亲和动机，三种动机中占主导地位的动机对管理者的行为、风格影响最大。所以，本次项目我们选择了对动机的考察。另外，管理者面对复杂的环境，自身要承受来自各方面的压力，因此，对情绪的管理与控制也将作为管理者必备素质的考察点。

图2-1

3. 选择何种测评手段

不同的考察项需要有针对性地运用不同的测评手段和方法。面对近100位候选人的选拔，我们采取了 BEI（行为事件访谈法，Behavioral Event Interview）、LGD（无领导小组讨论法，Leaderless Group Discussion）以及笔试的动力、智力和情商测验。详见表2-4。

表2-4

测评项＼测试手段		BEI	无领导	动力测试	情商测试	一般能力测试
动机	成就动机	★		★		
	权力动机		★	★		
	亲和动机	★	★	★		
核心技能	分析判断	★	★			★
	沟通影响	★	★			
情商	情绪管理	★	★		★	
辅助技能	计划执行	★				
	组织协调	★	★			
	团队领导	★				

★　表示该测评项所对应的施测手段

其中，一般能力测试能很好地从智力层面评价候选人，它包括数学能力、判断推理、言语理解和思维策略，属于"门槛"类的评判指标，该项得分低的候选人将直接被淘汰出局。

对于动力和情商测试，由于被测评人自我认知程度不同以及在测试的特定环境和目的下有一定的社会称许性倾向，所以这两项测试都作为 BEI 和 LGD 的辅助手段，并不起决定性作用。

BEI 和 LGD 是本次测评中的重头戏，这两种手段的结合使用可以相互支持、相互印证。由于候选人来自基层，相对来讲从业经验较少、综合能力偏低、掩饰能力较弱，在 BEI 和 LGD 中更能表现出其真实的行为，大大提高了测评的信度和效度。但无论如何，BEI 和 LGD 都需要训练有素和具备资深经验的专家来操作。尤其是 BEI，它作为一项专业性很强的实操技术，在国内能运用得卓有成效的企业并不多见。

4. 施测时应注意什么

可以说，施测的组织效果对测评结果有着重要的影响。在短时间内想要清晰地了解一个人的特质并不容易，测试者必须从开始的组织、实施到最终评估结果的汇总、测评报告的撰写等各个环节严格操作。确保程序的统一与标准化是保证评价客观公正的前提。

笔试时，测试者要注意测前的组织、说明及对测试时间的控制。为了公平起见，测试者应组织所有人员统一笔试。其中，动力与情商测试前测试者需向被测评人说明：为了更有效地了解和评估自己，请一定要依据自身真实情况和第一反应作答，以便于专家综合评估时给出更准确的个人指导及改进建议。从个体心理学角度来讲，人们头脑中的自己往往高于现实中的自己，属于"过度自信"。这个观点在社会心理学的研究中也得到了证实，即人们普遍存在"社会称许性"的现象，这种现象在需要证明和表现自己的环境下还会得到强化。例如在面试时，为了得到录用机会，应聘者会尽力展现社会公认的好的一面、弱化不好的一面。所以，笔试前简短而有力的提示能够从一定程度上降低社会称许性对被测者的影响，让其从了解自己、认识自己的角度真实作答，以更好地还原"本我"。

在 LGD 讨论时将候选人分成 6～8 人一组，人太少就讨论不起来，人太多则会降低考官的观察敏感度。人数尽量安排为偶数，这样不至于在讨论中举手表决时出现一票之差定乾坤的局面，毕竟测评人希望讨论得越激烈越好，因为在矛盾冲突中能更清晰地鉴别出候选人的分析判断、沟通影响、组织协调、团队协作等管理者素质。

这里需要强调的是"细节决定成败"。在 LGD 讨论结束后，请大家在各自的题目试卷和草稿纸上写上名字交给考官。这样做的目的在于，试卷和草稿纸上是被测者思路最自然的记录，从中可以进一步评估他的分析判断能力。有些被测者性格比较内向，讨论中少有发言，但实际上逻辑清晰、准确。举一个反例，有一个被测者上午在 LGD 中非常活跃，发言积极，表现欲极强，看上去挺有管理特质，但草稿纸上字体潦草、思维混乱。这一点在笔者下午的 BEI 中也得到了证实，再找出其一般能力测验和动力测验结果，其得分都偏低。通过仔细分析，他的动力测验结果显示：成就动机、权力动机和亲和动机得分都很低，这与真实情况基本接近，但在 LGD 中"社会称许性"被扩大。为了赢得考官的好印象，他极力表现，但因分析判断水平不足导致其语言表述繁琐、缺乏逻辑性，同时对于别人的反对意见表现出气愤、焦虑等失控情绪，而在与考官面对面交流的 BEI 中又显得平和而谦虚。综合几种测试结果显示，该候选人不能胜任管理岗位。可见，对于施测中的任何细节都要考虑周全，否则就有可能会对一个人做出相反的判断。

语言的局限性在 BEI 中体现得也很明显，"社会称许"的天性致使很多人有意无意地放大自己的优点。如何抽丝剥茧考察出候选人真实的能力素质，对考官望闻问切的水平是个极大的考验。

心理学认为，人们真实的精神世界大部分存在于无意识状态中，而任何的无意识都终究会体现在行为上。我们虽然没有办法直接探察到人们深层次的无意识状态，但却可以通过观察外显的行为来捕捉人们深层次的人格特征。其中，最大的难点在于人格特征相对稳定但行为表现会因情景的不同千变万化而难以把握。由"交互推断理论"可知，虽然同一个人的行为表现迥异，但总是存在某种稳定而一致的内在行为模式，我们可通过几个不同事件中的行为特征总结推断其稳定的内在行为模式，从而准确地把握人们的内在特质（素质），这就是行为与深层无意识精神世界的"交互印证"。如一个人的行为表现为甘愿冒险、力求完美、坚持不懈、注重职业生涯规划等，这些行为基本上可以归结为不断地给自己设定挑战性目标，有追求成功的强烈愿望，这体现出了"成就导向"特质的稳定行为模式。实际上，BEI 就是让被访者讲述一个个典型"故事"，访谈者通过有技巧的提问，一层层剥开"洋葱"，将被访者最里层的特质显露出来。

因为涉及到语言局限性的识别和提问技巧的掌握，BEI 需要访谈者受过很专业的训练，其核心步骤是让被访者讲述两到三个成功或失败事件，然后访谈者围绕着所需考察的能力素质不断提问，追问的 STAR 原则如图 2-2 所示。

此外，还应注意有效数据与无效数据的鉴别。BEI 的核心是考察被访者本人在当时情境下的具体行为，一切模糊而简单的说法均被视为无效数据，如"我们"、"通常/一般"以及对过去事件的现在感受和总结等。

为提高测评的效度，如果时间充裕，访谈者最后还可提出以下问题，以对前面的访谈判断做进一步的印证和拾漏补遗。

◆ 你认为胜任该岗位需要具备哪些知识、技能和个性特征？可详细描述或举例。

◆ 你对自己的笔试题目（一般能力测验、动力测验、情商测验）怎么评价？

Situation / Task

✓ 发生了什么事情? 情境如何?

✓ 导致事情发生的原因是什么?

✓ 涉及到哪些人?

Action

✓ 你当时说了什么? 做了什么?

✓ 请描述你在整个事件中承担的角色。

Result

✓ 事情的结果怎样?

✓ 这一事件引发了什么问题和后果?

图 2-2

◆ 你对自己在无领导小组讨论中的表现有什么评价?

◆ 你认为本部门的×××同事（属于本次测评中的人员）最大的特点是什么?

◆ 你认为自己属于哪种类型的人: 技术、管理, 还是介于两者之间?

对于 BEI 的编码以及几种测评手段的评分、汇总, 因为涉及到比较复杂的操作步骤, 在这里笔者就不再赘述。在此仅提一点, 职业动力测验得分的统计比较, 最好采用方差和偏离度分析而非百分位排名分析, 因为候选人都是经过初选后挑选出来的业绩优异者, 可能从绝对分值上相差不大, 如果用百分位统计, 则会造成一些判断上的错觉和失误。

古人云, "人难知也, 江海不足以喻其深, 山谷不足以配其险, 浮云不足以比其变", 可见知人并善任是多么地不易。人的复杂性和多样性仅靠一种测评手段已不足以成功诊断, 在企业中还不具备建立素质模型的 B 超检测时, 请务必掌握好望闻问切的法则和要领。管理既是科学又是艺术, 现代的测评技术在讲究客观性、技术性的同时, 也同样离不开经验与艺术。

企业核心人才的界定

詹伟峰

对于企业核心人才的界定，一直以来都是企业老板非常关注的一个问题，也是学术界人士（包括咨询公司顾问）在面对客户时常常被问及的一个话题。谁在企业的发展中最具影响力？谁是企业最需要的人才？谁是老板最需要激励的对象？谁又是企业最需要提前进行储备的人才？……因为缺乏统一的标准，答案也就各不相同。在实际操作的时候，有些企业采用了以行政管理级别进行核心人才的界定，有些则以个人业绩成果进行界定，有些则提出以素质测评进行判定，等等。但各种方案似乎都存在一定的纰漏，比如以行政管理级别界定核心人才，有些员工虽然没有处在一定的行政级别上，但也是企业不可或缺的人才，如掌握核心技术的研发与技术人员、"金牌"销售员、总账会计等；又比如以业绩成果界定核心人才，有些刚来的员工还没有历史业绩，有些员工综合能力很强，但业绩并不理想，甚至有些员工的业绩本身就很难衡量，但他们可能也是企业最需要关注的核心人才；再比如以素质测评结果界定核心人才，这是一个耗时费力的工程，而且也需要评估者具备很高的专业素养和道德情操，因此很难保证结果的公正性。那么，如何才能更为科学、有效且容易量化和操作地界定出企业的核心人才呢？

依据正略钧策公司多年的管理咨询实践经验，我们提出对于企业核心人才的界定，可以分两个层面来考虑：一是该员工所处的岗位是否是企业的核心岗位，即对核心岗位的界定；二是该员工是否胜任该岗位的职责要求，即对员工胜任力（程度）的界定。当且仅当员工满足上述两个条件的前提下，该员工才可以被真正地认定为企业的核心人才。

1. 核心岗位的界定

对于核心岗位的界定，正略钧策公司构建了以岗位战略价值和可替代性两个纬度进行判断的"核心岗位界定模型"。

（1）岗位战略价值的判定

对战略价值的判定，正略钧策公司分别从岗位的决策影响度、岗位的战略地位和岗位所处的经营价值链三个纬度进行判断。

一是岗位的决策影响度，即该岗位在企业经营决策过程中发挥的影响力，影响程度越高，该岗位的战略价值越高，它可以分为岗位层级决策影响度、部门层级决策影响度和公司层级决策影响度。

二是岗位的战略地位，即该岗位在实现企业战略目标中起到的影响力，可以依据企业战略目标实现过程中的关键成功因素进行分析，对关键成功因素影响越大的岗位，其战略价值越大。

三是岗位所处的价值链位置，即该岗位在企业经营运作、流程控制中所起的主辅作用，依据企业的经营价值链将企业内部经营运作流程划分为业务流程链和支持职能链，处于业务价值链上的岗位战略价值相对地高于支持职能链上的岗位战略价值。

基于上述三个分析纬度，我们可以把企业内部所有岗位的战略价值分为高、中、低三个层级。

表 2-5 岗位战略价值判定矩阵

岗位价值链 ╲ 决策影响 / 战略地位	岗位层级决策影响度		部门层级决策影响度		公司层级决策影响度	
	非关键因素	关键因素	非关键因素	关键因素	非关键因素	关键因素
支持职能	低	低	中	中	高	高
业务职能	低	中	中	高	高	高

（2）岗位可替代性的判定

对于可替代性的判定，正略钧策公司分别从岗位知识技能的要求、培训周期、专业技能的独特性三个纬度进行判断。

一是该岗位所要求的专业知识技能的多样性程度和工作的独立性程度，即岗位职责要求任职者具有的知识层面、相关工作经验等，一般可以分为三个层级：第一层为全面的知识技能要求，工作独立性强；第二层为通用的知识技能要求，需要一定的岗位、部门协调配合；第三层为单一的知识技能要求，需要经常接受上级的指派和检查。

二是从初入职人员到胜任该岗位所要求的培训周期，可以分为长期和短期两个阶段，长短期的划分主要是为了考虑企业对岗位进行替代时需要投入的培育成本。具体的判定标准可以结合行业特征、企业的发展阶段进行划分，一般以三个月为限，三个月以内的为短期，超过三个月的为长期。

三是该岗位所要求专业技能的独特性，即岗位所处的岗位序列，可分为常规性岗位和特殊性岗位，以结合目前全国和区域性劳动力市场的供求状况进行分析。

基于上述三个界定标准，我们可以把企业内部所有岗位的可替代性分为高、中、低三个层级，如表 2-6 所示。

表 2-6　岗位可替代性判定矩阵

岗位序列 ╲ 独立性 培训周期	单一技能要求，经常接受检查		一般知识技能要求，一定配合		知识技能要求全面，独立性强	
	培训周期短	培训周期长	培训周期短	培训周期长	培训周期短	培训周期长
常规岗位	高	高	中	中	低	低
特殊岗位	高	中	中	低	低	低

结合上述对岗位战略价值和可替代性界定模型的分析，我们可以对企业的所有岗位进行综合性的判断，从而确定出企业的核心岗位，见图 2-3：企业核心岗位界定模型。

在图 2-3 中，我们可以看到，A、B、C 三类可以判定为企业的核心岗位，D 类虽非企业的核心岗位，但仍需要引起一定的重视，E 类则保持一定的稳定性即可。

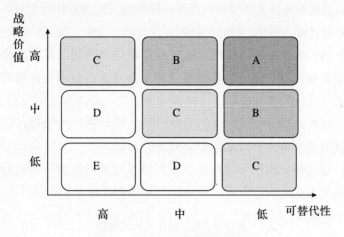

图2-3 企业核心岗位界定模型

2. 员工胜任力（程度）的界定

对于员工胜任力的界定，目前学术界（包括咨询公司）普遍的做法是通过对岗位任职者进行素质测评，并结合以往的工作业绩进行综合评判。但由于素质测评一方面对企业专业人力资源工作者的要求比较高，需要其具有很强的测评专业知识、技术和能力；另一方面，素质测评实际操作起来也比较复杂，需要高层的支持与参与，并实施一整套专业测评方法、流程。另外素质测评也要求测评人员保持较高的客观性和公平、公正的心态。因此，对于我国大部分企业来说，实施素质测评具有较高的难度。

因此，如何寻找一种相对客观、简单的操作方式，便成为众多专业人力资源工作者的迫切要求。正略钧策公司经过多年的专业人力资源咨询实践，初步建立了一个符合国内大部分企业实际操作的、简单易行的"员工胜任力界定模型"。依据该模型，企业可以通过对每一位核心岗位在职员工进行分析、计算，并将结果对应"员工胜任力判断标准"，便可以判断出该员工是否胜任该岗位，是否可以成为企业的核心人才了。

（1）"员工胜任力界定模式"的构建

首先，选取影响员工胜任力的关键成功因素，正略钧策公司从员工业绩表现、知识技能储备和对企业的忠诚度三个纬度系统评价员工对岗位的胜任程度；

其次，通过对关键成功因素的理解，抽取相应的分解评价指标，以量化对员工胜任力的考核、评估。指标的抽取要以客观、全面、数据易收集为原则；

再次，按照各评价指标的相对重要程度赋予其一定的权重，权重的设置以体现企业所处发展阶段、企业的经营理念为重点，兼顾均衡性和计算的简易性；

接着，对每一项评价指标进行量化分级，设计相应的量化评价等级，并按照百分制形式对每一等级赋予相应的评价得分。

最后，设定员工胜任力判断标准，当且仅当员工达到一定的分值之后才可能被认定为企业的核心人才，具体模型如表 2-7 和表 2-8 所示。

表 2-7　员工胜任力判断模型

因素		权重	等级						得分
			1	2	3	4	5	6	
业绩表现	以往业绩表现	A1	极差	不合格	合格	良好	优秀		B1 = A1 ×得分
			0	30	60	80	100		
	突出贡献（获奖表现）	A2	部门及以下	公司层级	县/区层级	地区/市层级	直辖市/省级	国家部委层级	B2 = A2 ×得分
			30	60	70	80	90	100	
知识技能	相关岗位经验	A3	1年及以下	2～4年	5～7年	8～11年	12～15年	16年及以上	B3 = A3 ×得分
			30	50	70	80	90	100	
	学历	A4	高中/中专以下	中专/高中	大专	本科	硕士	博士	B4 = A4 ×得分
			30	50	70	80	90	100	
	职称（特定岗位）	A5	初级	中级	高级				B5 = A5 ×得分
			50	70	100				
企业忠诚度	本企业工作年度	A6	1年及以下	2～4年	5～7年	8～11年	12年及以上		B6 = A6 ×得分
			50	70	80	90	100		
得分合计			总分 = $\sum Bi$						

表2-8　员工胜任力界定标准

胜任等级	不合格	合格	良好	优秀
分数段	60分以下	61~80分	81~90分	91~100分

（2）"员工胜任力界定模式"的具体阐述

◆ 对业绩表现的评价，通过以往日常考核的业绩表现和例外考核（突出贡献）两个方面来综合体现。

对以往日常考核业绩表现的评判可以结合企业的日常绩效考核结果，一般有两种方式：一是绝对业绩，二是相对业绩。绝对业绩是以员工业绩考核的直接得分进行评判，为避免有失偏颇，企业可以选取近期3~5个考核周期考核结果的平均值。相对业绩是将同层级员工的业绩进行横向比较，可以结合企业的现状采用相应的比例进行划分，可以采用强制分布法，也可以灵活变通。比如强制分布要求前10%的人为优秀，30%的人为良好，50%的人为合格，其余10%的人为不合格；也可以灵活变通，如员工整体表现均良好，那么不合格比例可以不设，如果员工整体表现均不佳，那么不合格比例可以提升。

对突出贡献的考核可以直接参考员工历年受部门以上层级奖励的情况直接进行引用。

◆ 对知识技能的评价，通过对相关岗位经验、学历和职称级别三个方面进行综合考核，以体现员工对专业知识技能的积累程度。

对于相关岗位经验、学历和职称等级的划分和赋值的大小，可以结合企业所处行业的特点、企业的发展阶段等进行相应的调整。如果企业为新型的研发、技术类企业，那么相关岗位经验、学历层级、职称等划分等级可以减少，相关年限对应的分值可以随着年限的增加提升速度更快。如果是传统的生产制造类企业，那么相关岗位经验、学历层级、职称等划分等级可以适当加长，相关年限对应的分值可以随着年限的增加提升速度减缓。因为新型企业对岗位经验、学历、职称等的要求起点较高，同时对员工经验积累的要求也更高。

◆ 对企业忠诚度的评价，通过员工在本企业的工作年限指标来进行考核。

对于员工对企业忠诚度的评价指标有很多，比如员工在本企业年限，对企业经营理念的认同程度，对公司文化的执行程度等，但众多指标均面临难以衡量的问题。同时，对企业来说，在本企业工作年限是最为客观、最容易量化的指标，企业也容易操作。因此，采用此项指标具有一定的科学性和实际意义。但在具体量化的时候，对于等级划分和赋值的大小，依然可以结合企业所处行业特点、企业发展阶段、企业经营管理理念等因素进行相应的调整。

◆ 对评价指标的权重设置。

各评价指标的权重设置可以结合企业所处行业的发展状况、企业所处的发展阶段、企业的经营管理理念等进行相应的调整。通常来说，对业绩的关注是大部分企业的经营重心，因此对以往业绩的考核往往应该占到较大的比重，但为了使被评价者不至于过分关注业绩结果从而导致对自身专业知识技能的培育和对企业的忠诚度的忽视，各项权重还不能差距太大，需要保证一定的均衡性。因此，一般"A1 + A2"可以在40% ~70%，"A3 + A4 + A5"可以在20% ~40%，A6可以在10% ~20%。

◆ 对员工胜任力判断标准的设置。

对员工胜任力判断标准的设置也可以结合企业所处的发展阶段、企业的经营管理理念、企业的考核目标设置标准等因素进行相应的调整。在本模型中，正略钧策公司采用了大众认可的60分为合格，80分以上为良好和优秀的理解进行等级赋分。如果企业日常考核就是以80分为合格，95分以上才是良好或优秀，那么整体模型的等级赋分可以进行重新调整，使其更为符合企业的实际状况，但要确保可以有效区分员工合格与不合格、优秀与合格之间的判断界限。

上述企业核心岗位界定模型和员工胜任力界定模型的建立，为企业提供了系统、全面、量化的核心人才评判标准。企业在运用界定模型的时候，可以做到尽可能地全面、客观和公正，从而为企业的核心人才规划、后备核心人才的储备、企业核心人才的中长期激励打下基础，使上述工作做到有的放矢，提高企业人力资源部门的工作效率，提升人力资源工作对战略实现的支持作用。

人才测评中的"七多"原则

唐玲玲

企业中的人才测评是对人员个性特点、基本能力的评价，可以为人事决策提供一些基本信息，从而起到参考的作用。然而，鉴于人的复杂性，对人的评价是一件须十分谨慎、负责的工作。尤其是当客户将测评结果直接应用于人员选拔或淘汰的时候，测评的准确性、严肃性和客观性必须得到高度保证。

人才测评是有一定局限性的。尽管诸多学者、专家一直致力于测评工具的改进和信度、效度的提高，但偏差是难以避免的，不过是程度的差别而已。我们在工作中要做的，是在力所能及的范围内，做到尽量地准确、客观、公正，由此便衍生出了下面的"七多"原则。

1. 多评价者

尽管很多测评工具都有相对客观、量化的评价标准，但由于评价者个人背景、阅历、经验、理解、好恶等的多样性，评价者对被测评者打分难免会带有一定的主观色彩，尤其是在面试的过程中。比如同时在听被测评者表达，不同的测评者信息加工的重点不尽相同，对能力的等级判定就有差异，有的测评者认为应该给 3 分，有的测评者可能给 2 分或 5 分。评价人员越少，主观因素的影响可能就越大。

那么，要减少这种主观因素的影响，除了提高评分标准的客观性和可操作性之外，增加评价者的数量也很重要。通常来说，评价者的数量应至少保持在 3 个以上。假设一个评价者对被测评者的描述 60% 是正确的，40% 是有偏差的，那么这 40% 的偏差可借助其他评价者的眼睛来弥补，从而提高评价的准确性。

2. 多测评手段

选择多测评手段的原因如下。

第一，成熟的测评手段的形成有其特定的历史背景和应用对象，一种测评工具不可能涵盖所有要测评的内容。而测评项目的需要又是多种多样的，仅用一种测评手段是不能完全满足这些需要的。所以，应注意各种测评手段的选择与均衡，测评工具之间应既能相互验证又能互为补充。

第二，测评的效果受到当时的情境、被测评者的状态等多种内外因的影响，所得结果具有一定的偶然性。被测评者在一种测评工具上的得分，也会受到偶然因素的影响。偶然的事情如果多次出现，那才具有必然性。因此，选择多测评手段，可以对被测评者的能力进行反复验证。

我们在给客户进行测评的过程中，根据客户的需要，通常采取面试、笔试相结合，性格和能力测试相搭配的多种测试方法，包括结构化面试、心理测验、评价中心等七八种工具。

同时，测评工具的设计要具有针对性，例如公文筐、案例的选择等要贴近客户的实际情况，为不同行业的客户设计不同的问题。

3. 多方结合

这里主要是指企业、岗位、员工相结合。首先要分析企业的特点以及对员工的要求；其次是结合企业特点，把岗位对人的要求分析明白；最后是把人的能力特点看透、看准，将人岗进行匹配，做出员工是否胜任的判断。

分析企业和岗位对人的素质要求，涉及提取岗位胜任力的工作。胜任力是指能够区分该岗位上的高绩效者和普通绩效者的各种个人特征，也被称为素质。

把人的能力看透、看准，涉及到对人的测试。我们通常是多个测评者共同努力，结合多种测评手段的实施，对被测评者的胜任力特点进行评价，描述被测评者的优劣势，被测评者是否符合现任岗位的要求，以及被测评者具有怎样的发展潜力。这也就实现了将人员评价与岗位要求相结合。

员工在胜任力模型上的得分及优劣势分析举例如表2-9和图2-4所示。

表2-9　员工在胜任力模型上的得分

姓名	素质 名称一	素质 名称二	素质 名称三	素质 名称四	素质 名称五	素质 名称六	……
员工甲	4.0	4.0	3.5	3.5	3.5	4.0	……
员工乙	4.0	2.5	3.0	2.5	3.0	4.5	……
员工丙	3.0	3.0	3.5	3.0	2.5	3.5	……
员工丁	3.5	4.0	3.0	4.0	3.5	3.5	……

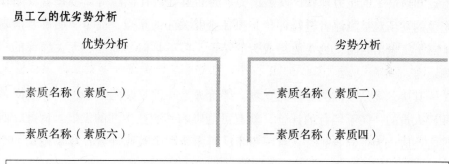

员工乙的优劣势分析

优势分析	劣势分析
—素质名称（素质一）	—素质名称（素质二）
—素质名称（素质六）	—素质名称（素质四）

发展定位

- 发展定位：胜任现任岗位，并具备一定的发展潜力。

- ……

图2-4　员工乙的优劣势分析

4. 多维视角

对人的评价可以是"点"，也可以是"面"，还可以是立体的。"思维缜密，表达能力强"等是"点"，是直观描述，而"综合能力优秀"等则是"面"；再辅助以形象的比喻和类比的话，那就是立体的，如"是决策参与者，而不是决策者"，"是冲在一线的突击队长，而不是留守人物"。

人才评价中，对"点"的描述是依据，对"面"的判断是提炼，对"立体"的刻画是升华。点、面、立体相结合，可以让没有见过被测评者的人看了报告之后在心中也能栩栩如生地浮现出被测评者的形象。

此外，评价也要结合管理的视角。企业关注员工的个性、能力，最终目的是为了关注员工在企业中的行为，更多地关注员工带来的效益。因此，需要将员工所表现出来的特点紧密地围绕工作进行描述，揭示各种性格类型和能力特点的员工在工作中可能的作为和潜力。

5. 多立场

这里主要是指企业、被测评者、测评者的三方立场。

首先，要站在企业的立场。企业对测评结果有多样化的需求，有的企业希望更多地了解员工的个性、思维风格等内隐的个体特质，有的企业则希望重点知道员工的能力现状、发展潜力、是否胜任现任岗位等。测评者要站在企业的立场对被测评者进行评价，抓住企业关注的重点，简单、明确、清晰地对员工做出判断，给企业是或否的结论，而不是似是而非、无关痛痒的模糊语言。

其次，要站在被测评者的立场。评价人是一件复杂的工作，测评者对被测评人员的一句不经意的评价，就有可能影响其职业生涯的发展。因此，测评者还应该为他们着想，认真、负责，尊重每一个被测评者，尊重他们的个性，发现他们的特点。

最后，测评者的立场。测评者的立场是中立的，不受客户内部各种人际关系的影响，实事求是地反映测评者的所见所得，真实反映对被测评者的印象。

我们曾经服务过的一个客户，有一位年纪较大、性格内向、能力平平的经理，按照更高职位的标准，他不适合被赋予更大的责任。我们在对其进行综合评价后，站在企业的立场，建议不对其进行提拔；但同时站在被测评者的立场来看，尽管与其他人相比，他的能力不突出，但其工作兢兢业业，非常敬业负责，且有多年的工作经验，这是他的优势。我们将情况如实地反映给客户，客户决策层最终对其做出了合适的安排。

6. 多心眼

企业中的测评或多或少地会给被测评者带来一定的影响，因此，除非被测评者特别合作、诚实，或者非常想了解真实的自己，否则，被测评者会有装好或装坏的倾向，影响测评结果的真实性。

要克服来自被测评者的阻力，就需要测评人员时时刻刻多个心眼，多思考，多研究。

一方面可以采取单盲法，即企业和测评者都不告诉被测评者真实的测评意图。同时，在面试或笔试之前，测评者对进行该行动的原因做解释，以安抚被测评者，让他们抛开防御心理，卸掉武装和防备。

另一方面，测评者需要练就一双火眼金睛，在面试过程中识别真伪，发现被测评者是否撒谎，是真实的自我流露，还是掩饰自己、另有所图，装好人或者装坏人。在被测评者表述的时候多加追问，有打破沙锅问到底的精神，同时观察被测评者语速、表情、神态的变化，拨开重重云雾，让被测评者真实的一面水落石出。在笔试中，很多心理测验都有测谎题，这也能辅助测评者对被测评者进行判断。

我们所服务过的一个客户，由于客户方人力资源部将测评的范围、评价标准等都通知了被测评者，因此，被测评者在面试的过程中很容易掩饰，很多人都看过我们用以评价打分的能力等级描述，有的甚至是照着背诵。在这种情况下，我们对被测评者的回答进行了非常细致的追问、排查，分辨出哪些是真实的事件，哪些是虚假编造的，同时参考笔试答题的情况，最终得出了客户认可的结果。

7. 多斗争

测评者需要克服来自自身的一些阻力，如个人的好恶、性格等方面的影响。很多人碰见跟自己兴趣、性格相似的人，或者与自己欣赏的某个人相似的人，无意识地会产生一定的好感；面对与自己性格相左，或者与自己所讨厌的某个人有共同点的人，不自觉地会产生厌恶情绪。同时，测评者还需要克服晕轮效应的负面作用，避免对某个人在某一个方面的表现不满意，就泛化到其他方面，做出整体偏低的评价；或者对人的某方面能力评价较高，就对所有能力都有偏高的评价。

这就需要测评者与自我、与各种影响评价的心理效应进行顽强而坚决的斗争。

首先，要自省，要对自我有足够、透彻的了解。关于自己的个性特点、喜好、优缺点等，要做到心中有数；同时在测评的过程中要十分小心，时时刻刻警醒自己，以免产生不公正的现象。

其次，要有开放的、包容的心态。测评者要能够无条件地接纳任何人，不论是价值观的差异，还是性格取向的不同，都应该一视同仁，不带任何偏见。

素质模型有关概念辨析

王秀玲

如何建立更加有效的人力资源管理系统，寻求企业有效的人力资源管理的切入点和管理模式，一直是各国的企业界和理论界普遍关注的热点、焦点和难点。20 世纪 60 年代末 70 年代初，有大量的心理学研究报告都指出了同一个问题：传统的智力测验等人员评估方法很难准确预测在较为复杂的工作情境中和较高层次职位上人员的工作绩效。哈佛大学的著名心理学家麦克莱兰（McClelland）于 1973 年发表了名为《测量胜任特征而非智力》的文章，他指出，"学校成绩不能预测职业成功，智力和能力倾向测验不能预测职业成功或生活中的其他重要成就，这些测验对少数民族不公平……"应该用胜任特征测试代替智力和能力倾向测试，同时他还提出进行基于胜任特征的有效测验的 6 个原则：

◆ 最好的测验是效标取样；

◆ 测验应能反映个体学习后的变化；

◆ 应该公开并让被测试者知道要测试的特征；

◆ 测验应该评价与实际的绩效相关的胜任特征；

◆ 测验应该包括应答性行为和操作性行为两个方面；

◆ 应该测试操作性思维模式（Operant Thought Patterns），以最大限度地概括各种行为。

该文的发表使人们看到现代人力资源管理理论新的曙光，为企业人力资源管理的实践提供了一个全新的视角和一种更有利的工具，即对人员进行全面系统的研究，从外显特征到内隐特征综合评价的胜任特征分析法。随后，胜任特征逐渐在美国和英国等发达国家企业人力资源管理中被广泛使用。目前，在中国企业和组织管理中，有关胜任特征理论和模型的使用也越来越多，但在具体应用的过程中仍然存在胜任特征的基本概念不清晰以及与相关概念相互混淆的问题，本文将对此问题做一个初步的分析和探讨。

1. 胜任特征概念的界定

英文中的两个词汇"competence（competences）"和"competency（competencies）"翻译成中文对应的意思是"胜任特征"、"胜任特质"、"能力"和"素质"等。但是组织心理学上习惯译为"胜任特征"，日常实践应用中人们习惯称之为"素质"，相应地把"胜任特征模型"称为"素质模型"。

文献中关于胜任特征的概念还没有达成一致。斯宾塞（Spencer）认为胜任特征（competence）是一种个人潜在的特征，与有效或优异的工作绩效相连，表明的是一种思考或行为的方式，一种跨情景的泛化的行为或思考的方式，而且会持续相当长的一段时间。越是复杂的工作，与工作技能、智力以及文凭相比，胜任特征对于有效的工作绩效的取得就越重要。

美国著名情商研究专家博雅兹（Boyatzis，1982）把"job competence"定义为一个人的根本特性，可能是动机（motive）、特质（trait）、技能（skill）、个人自我形象或社会角色的某个方面，或是个体的知识体。尚蒂尔（Shanteall，1992）在"专家胜任特征理论"（Theory of Expert Competence）中认为胜任特征依赖于五个因素：专业素养、心理特征、认知技能、决策策略、任务特征。美国著名职业专家琼斯（Jones）和迪菲利皮（DeFillippi，1996）认为胜任特征包含能使个体在工作责任领域中产生附加价值的相关技能和知识。

我国学者仲理峰（2005）给胜任特征的定义是：胜任特征是能把某职位中表现优异者和表现平平者区别开来的个体潜在的、较为持久的行为特征（behavioral characteristics）。这些特征可以是认知的、意志的、态度的、情感的、动力的或是倾向性的，等等。

虽然对胜任特征的概念还没有统一的定义，但在某些方面还是已经达成了一些共识。与传统的心理测验相比，胜任特征评价有以下主要特点。第一，绩效关联性。也就是说所测的内容应该是从与优异绩效有因果关系的效标行为中抽取的。第二，评估任务的情景性。胜任特征的评估来源于实际的工作情景与任务，这种评估的方式保证了高预测力。第三，针对性。每一个胜任特征模型都有针对某类职业的建模过程，不同的职业有不同的胜任特征模型，提高了测验的预测效度；而传统的心理测验是普遍适用于各种工作的人事选拔与评价的，没有针对性。

2. 胜任特征的分类

依据不同的标准，可以把胜任特征分为不同的类型。

麦克莱兰把胜任特征分为两大类：第一，内容性胜任特征，如与工作职责相关的知识；第二，过程性胜任特征，如能够有效地利用自己的知识的能力。

1981 年，博雅兹对 12 个公共部门和私营企业中 41 个管理职位的 2000 多名管理人员胜任特征的研究作了全面的综合分析，得出管理人员的胜任特征的通用模型。他把管理人员的胜任特征分为 6 种类型，共包含 19 个胜任特征：目标和行动管理（包括关注影响、概念的中断使用、效率导向、始发性）、领导（概念化技能、自信、演讲）、人力资源管理（管理群体过程、使用社会权力）、指导下级技能（培养他人、自发性、使用单方面的权力）、其他（客观知觉、情绪稳定性、持久性、适应性）、特殊知识（经理及其特殊社会角色的特殊知识）。

斯宾塞于 1989 年对 200 多种工作进行了研究，最终分析出几百项与优秀绩效相关的工作行为，结果产生了 20 个基本的个人胜任特征。根据不同的工作类型，他建立了包括专业技术人员、销售人员、社区服务人员、经理人员和企业家五大类通用行业的模型。其中，企业家的胜任特征模型包括以下六种类型的胜任特征：第一，成就：主动性、捕捉机遇、坚持性、信息搜寻、关注质量、守信、关注效率；第二，思维和问题解决：系统计划、问题解决；第三，个人成熟：自信、具有专长、自学；第四，影响：说服、运用影响策略；第五，指导和控制：果断、监控；第六，体贴他人：诚实、关注员工福利、关系建立、发展员工。

诺德豪格（Nordhaug，1994，1998）也提出了自己的胜任特征分类学说，他从三个维度对胜任特征进行分类，这三个维度分别是任务具体性、行业具体性和公司具体性。他将胜任特征划分为元胜任特征（meta competence）、通用行业胜任特征（general industry competence）、内部组织胜任特征（intraorganization competence）、标准技术胜任特征（standard technical competence）、技术行业胜任特征（technical trade competence）和特殊技术胜任特征（idiosyncratic technical competence）六种。

从以上分析可以看出，胜任特征研究领域的专家从不同的角度和层面对胜任特征进行了分类。笔者认为在具体的实践过程中，如何对胜任特征进行分类，应做到具体情况具体分析。举例来说，在阳光 100 胜任特征模型建构的过程中，项目组在充分研究本领域相关文献结论的基础上，根据中国的文化背景以及阳光 100 公司特定的企业文化，把阳光 100 的各岗位系列的人员胜任特征分为以下六类：态度和品质、个人特质、思维能力、专业素质、管理能力、领导能力。

3. 胜任特征与相关概念的联系和区别

在实践的过程中，胜任特征的概念常常容易和"非智力因素"、"能力"、"成功智力"和"情感智商"等概念相混淆，下面作一简单的分析。

（1）非智力因素，指不属于传统的智力测验中测量的内容，但这些因素却对个体的行为有着不同程度的影响，例如坚持性。动机、情感以及自我概念等因素也都属于非智力因素，但只要不是与工作或岗位所要求的工作绩效紧密相联的，都不属于工作胜任特征的范畴。

（2）能力，指能够做某事或者是可能能够胜任某事。虽然能力定义的内容与胜任特征的定义有重叠的部分，但是胜任特征更复杂，并且具有标准和规范的特征。

（3）成功智力，包含分析智力、创造性智力和实践性智力。相对而言，胜任特征比成功智力更有针对性，而且更具有情境性，成功智力更为宽泛，没有职业范围的划分。成功智力相对来说是一个使用较少的概念，在此对于有关概念不作进一步的解释。

（4）情感智商（简称"情商"），指对成功至关重要的情绪特征。情感智力包括：自我知觉认识自身的情绪；管理自我的情绪，使之适时适度地表现出来；自我激励；移情，即觉察、识别、理解他人的情绪；处理人际关系，调控与他人的情绪反应的技巧。由此可见，胜任特征所涉及的情感仅仅针对某一岗位或职位的需求，更有针对性，例如自我激励对于销售人员就是很重要的胜任特征，但是对于财务人员可能就不是最重要的。

由上述分析可见，要想对容易与胜任特征相混淆的几个概念加以区分，我们只需要抓住胜任特征的三个重要特点就可以做到很好的鉴别，这三个特点就是绩效关联性、评估任务的情景性和针对性。

4. 胜任特征模型

胜任特征模型（Competency Model）是指担任某一特定的任务角色需要具备的胜任特征的总和，它是针对特定职位表现要求组合起来的一组胜任特征。胜任特征理论模型主要有冰山模型和洋葱模型两种。

胜任特征的冰山模型（斯宾塞，1993）主张有五种类型的胜任特征：动机（motives）、特质（traits）、自我概念特征（self – concept characteristics）、知识（knowledge）和技能（skills）。知识是指对某一职业领域有用信息的组织和利用，如对家电产品市场销售策略的了解；技能是指运用专门技术的能力，如计算机操作能力；自我概念是指对自己身份的认知或知觉，如视自己为权威和教练；特质是指身体特征及典型的行为方式，如喜欢冒险；动机是指决定外显行为的自然而稳定的思维和价值观，如总想把事情做得尽善尽美的成就动机。按照这个模型，"知识和技能"属于水面上看得见的冰山，最容易改变，属于潜层次的特征；"动机、特征和自我概念"都属于潜藏于水面下、不易触及、也很难改变的深层特征。洋葱模型（彭剑锋，2003）是从另一个角度对冰山模型的解释，它在描述胜任特征时由外层及内层，由表层向里层，层层深入，最表层的是基本的技巧和知识，里层的核心内容即个体潜在的特征。

这两种胜任特征模型的理论不仅体现了研究者对于胜任特征分类的思路，而且体现了不同类型的胜任特征的特点和属性。

5. 小结

对于胜任特征有关概念的理解与胜任特征模型构建的每个环节都密切相关，是素质模型理论的核心和基础。作为专业的管理咨询顾问或是企业的人力资源管理人员，应该对有关概念进行更加深入的探讨，才能使建构的素质模型更好地为企业的人力资源管理的各个环节服务。

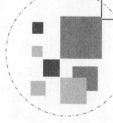

第三章

薪 酬 绩 效

点数法在工程设计企业中的应用

吴智锐

A 公司是一家大型工程设计公司，承担着国家大型工程项目的设计工作，业务范围涵盖了从项目工程咨询、安全分析、工程主体设计到项目的土木工程设计。项目周期长，设计工作复杂，一般从前期科研到最终设计完成，要历时 4~5 年的时间，提交几万张设计图纸。

由于公司成立时间短，人力资源管理比较简单和粗放，还停留于人事管理阶段，主要问题表现在以下 4 个方面。

1. 缺乏有效的工作分析

工作分析是其他人力资源管理模块的起点和基础构件之一，要做到人岗匹配，就必须对工作进行合理的分析。主观上 A 公司缺乏人力资源规划，还未建立起完善的工作体系对已有的项目成果进行系统和完整的梳理，同时客观上国内完成的项目数量仅有 3 个，项目设计相关数据积累不足，这些因素造成了 A 公司未能对每一件工作、每一个岗位在环境、时间、作业活动、任职者四个要素方面的差异进行有效的分析和评估。

2. 薪酬支付依据不合理

由于缺乏有效的工作分析作为确定薪酬的依据，A 公司采用了传统国有企业的薪酬支付方法，实行行政级别套算，这使得薪酬差异未能体现岗位对任职者在知识、技能、能力等方面要求的差异，也造成了公司薪酬支付与人力资源市场供求相脱节的问题，使得有些关键岗位的薪酬支付过低而难以获得优秀的人才，有些岗位的薪酬支付高于市场行情，增加了公司的人力成本。同时，公司在支付绩效工资方面，采取"18 个月固定工资"作为个人奖金，绩效工资是个人固定工资的乘法结果，没有体现出岗位应有的价值贡献大小，薪酬导向性差。

3. 考核体系缺失

这表现在，A 公司还未建立起完善的考核组织体系，没有建立明确的考核关系；考核指标体系也在建设中，还未形成有效的考核内容体系；还没有制定合理的考核制度和考核流程，考核周期也不明确。

4. 激励不足

这主要表现在两个方面，一是薪酬的提升依赖于职位的晋升，二是职位的晋升中"排资论辈"的现象严重。这是由于缺乏有效的工作分析以及薪酬体系的不合理，无法为员工提供岗位薪酬上升的空间；同时，绩效管理体系的缺失造成人员晋升和提薪的依据不足。这些都导致了 A 公司在员工激励上的导向性、针对性和时效性的不足。

因此，A 公司希望能够参照传统的工程设计项目的劳动定额法，建立基于价值贡献的产值分配的管理模式。

劳动定额法是通过同一成果消耗的工时进行大量准确的统计，得出工作所需要的标准工时，作为成果价值的衡量尺度。这就需要有一个前提，就是行业发展比较成熟，客观上已经完成大量的同一型号的工程设计项目，并且每一个项目的成果体系已经标准化。然而，客观上，A 公司所处的整个行业仅仅完成了三个项目，一是难以满足大样本的统计要求，二是成果标准化体系还未建立，还无法满足用准确的标准工时来衡量工作成果的要求。同时，劳动定额法关注的是产品转化过程中的工作时间消耗的差异，而没有关注到不同工作内容对所需要的知识、技能、能力等因素的差异。这在计划经济体制下或许可行，但在市场经济条件下，薪酬支付既要关注投入时间的差异，又要考虑外部市场对不同类型人才的定价水平的差异，显然是行不通的。

综合来看，A 公司基于价值贡献的产值分配管理模式，既要考虑不同生产部门、科室的工作时间的差异，也要符合工时数据不足的客观现实，同时更重要的是要关注不同生产部门、科室人力资源投入上的差异。

采用点数法结合标准工时分配结构来作为一个项目在 A 公司生产部门间、科室间产值分配的依据，综合地解决了上述问题。一个标准工时点数，代表一个标准工时的标准价值贡献（标准工时在这里不同于我们平常所指的月、星期、天、小时，只是作为一个时间标准单位）。工时分配结构，是指一个标准项目下各生产部门、科室大致的生产时间结构比例，主要是满足于工时数据不足的现实，只能采取模糊切割的方式，取得相对的时间比例。

不同部门标准工时点数确定的主要工作由两部分构成，一是评价依据（评价指标和指标权重的确定），二是对不同部门、科室进行评估。

从系统的角度来看，生产由资源投入、过程转化和产品产出三部分构成。投入类指标，考虑到产值分配管理模式服务于奖金分配，重点关注的是人的智力资源的差异，因此选择了知识技能指标作为二级指标，三级指标包括知识技能广度、知识技能深度、与核心业务的相关性和稀缺性。过程类指标，分别选择工艺难度和工作沟通作为二级指标。工艺难度指标是指工程设计项目要求设计人员必须达到的工作投入程度，来对设计要求的译码、分析、理解、判断，以及运用新的设计概念、思想、方法、工具等进行模块设计，以满足项目的设计要求，分别由复杂性和创新性指标构成。工作沟通是指运用各种沟通方式，在组织内外有效地建立工作间的协调与合作的关系，以满足工作对获得其他个人或机构的有效支持的特殊要求，促进工作顺利、有效地开展，包括沟通频率、沟通范围和沟通风险三个三级指标。产出类指标，主要是考虑工作对公司潜在定性的市场竞争力影响和定量的财务影响。

指标确定后，采取关键特征法，对指标进行分级，以及每一级别的特征描述和分数确定形成量分表。

权重的确认，可采取德尔菲法加定量分析法，选择行业专家对不同指标之间的相对重要性进行评分，然后通过层次分析法得出指标间的相对重要性得分和所有指标的总得分，最后得出不同指标的百分比。

在评价指标和权重确定后，组织各部门和科室负责人、各项目设计总工程师以及行业专家，对各部门和科室的各项目指标进行评级，接着计算不同评价人对各部门和科室的打分，然后采用算术平均法得出各部门和科室的平均得分，最后选取一个科室作为标准计算各部门和科室的一个工时标准点数。

但由于 A 公司工程设计项目周期长达 4～5 年，有多个设计项目同时开展，并且除了设计项目外还有研发项目，以一个项目作为一个产值分配周期显然不太可行，所以在实际操作中还必须分解到年度、季度和月度，以一个年度作为完整的分配周期。这必须依赖于两把尺子，一是项目进度计划体系（由一级、二级、三级等里程碑体系和时间表构成），二是年度经营计划（在项目进度计划体系基础上，分解到年度、季度和月度的工作产出）。在年度的考核管理中，分月度、里程碑验收和年终三类考核，即月度考核成果提交的及时性，里程碑考核验收的一次通过率，年终考核整年度的工作质量。

房地产企业项目奖金在
集团总部和项目公司之间
分配方式的探讨

王 丹

1. 导言

当一个房地产项目顺利结束，并且达到甚至超过预设的考核目标时，要提取利润总额的一定比例设立项目奖金，给予对项目的成功起到重要作用的人员以物质奖励，这是对其努力的认可和鼓励，并能对未来项目从业人员起到一个很好的示范作用。然而，对于一些较为大型的房地产企业来说，在一个集团总部之下控制了多个正在运行的项目，这些项目本身起始的时间和结束的时间不一致，创造的利润也不一致。在这样的情况下，集团总部能够对项目起到重要作用的人员将会把精力分散在各个项目之上，而每一个项目的从业人员的精力却自始至终都是集中在自己所在的一个项目之上的，那么在这样的情况下，当某一个项目结束时，集团总部的人员如何与项目上的人员一起参与项目奖金的分配呢？下面我们来探讨一下这个问题。

2. 假设

在解决这个问题之前，首先需要明确项目奖金分配的目标是什么，即奖金分配要在何种程度上实现公平，或者说实现一种什么样的公平。我们认为，公平就是每个对项目起到重要作用的人员实际分配到的奖金数额和他对项目的贡献是一致的，即集团和项目公司中工资相同的人员在一个较长的时间段内，在他们一直都在参与项目运作的情况下，他们所获得的项目奖金也是相同的。

这建立在这样一个基础假设之上，即在已经进行过岗位价值评估的基础上，可以认为每个员工的工资高低代表其能力的高低，即一个人能力的高低可以用其工资的高低来进行衡量。

集团员工获得的项目奖金公式可以写成：集团员工个人项目奖金＝项目奖金总额×集团项目奖金提取系数×个人发放比例，其中，项目奖金总额可由公司根据实际情况确定，而个人发放比例计算公式如下：

个人发放比例＝

$$\frac{\text{该员工年度工资×该员工项目周期内各季度绩效考核得分均值}}{\sum(\text{集团参与分配人员年度工资×个人项目周期内各季度绩效考核得分均值})}$$

项目公司员工获得的项目奖金公式可以写成：项目公司员工个人项目奖金＝项目奖金总额×（1－集团项目奖金提取系数）×个人发放比例，其中的项目奖金总额可由公司根据实际情况确定，而个人发放比例计算公式如下：

个人发放比例＝

$$\frac{\text{该员工年度工资×该员工项目周期内各季度绩效考核得分均值}}{\sum(\text{项目公司参与分配人员年度工资×个人项目周期内各季度绩效考核得分均值})}$$

这里的难点在于如何在集团和项目公司之间分配项目奖金，即集团项目奖金提取系数如何确定的问题。

这里，我们提出集团能够从一个项目上提取的项目奖金系数的三个假设公式。

（1）集团项目奖金提取系数

集团项目奖金提取系数＝

$$\frac{\sum\text{集团参与奖金分配者的工资总额}\times\dfrac{\text{该项目计划利润额×贡献比例系数}}{\sum\text{当年所有完成项目的总利润}}}{\sum\text{项目中参与奖金分配者的工资总额}+\sum\text{集团中参与奖金分配者的工资总额}\times\dfrac{\text{该项目计划利润额}}{\sum\text{当年所有完成项目的总利润}}}$$

在这个公式中，以集团参与奖金分配者的工资总额来替代集团参与奖金分配者的总能力，而以 $\dfrac{\text{该项目计划利润额}}{\sum\text{当年所有完成项目的总利润}}$ 来表示集团总部参与奖金分配者放在本项目上的精力占其全部精力的比例，这基于这样一个假设，即预计利润越高的项目越会吸引集团总部的关注，集团总部对此项目的关注程度是和此项目的利润额在所有本年度内完成项目的利润总额中所占比例大小正相关的。本公式中的贡献比例系数是一个调整系数，主要是衡量参与奖金分配者的工作对项目贡献程度的。

（2）集团项目奖金提取系数

集团项目奖金提取系数 =

$$\frac{\sum 集团参与奖金分配者的工资总额 \times \dfrac{该项目计划利润额}{\sum 该项目周期内所有项目完成的计划利润} \times 贡献比例系数}{\sum 项目中参与奖金分配者的工资总额 + \sum 集团中参与奖金分配者的工资总额 \times \dfrac{该项目计划利润额}{\sum 该项目周期内所有项目完成的计划利润}}$$

在第二个假设公式中，根据前面的基础假设，同样以集团参与 奖金分配者的工资总额来替代集团参与奖金分配者的总能力，而以 $\dfrac{该项目计划利润额}{\sum 该项目周期内所有项目完成的计划利润}$ 来表示集团总部参与奖金分配者放在本项目上的精力占其全部精力的比例，这基于这样一个假设，即预计利润越高的项目越会吸引集团总部的关注，集团总部对项目的关注程度是和此项目的利润额在该项目周期内所有完成项目利润总额中所占比例大小正相关的。本公式中的贡献比例系数同样是一个调整系数，主要是衡量参与奖金分配者的工作对项目的贡献程度。

（3）集团项目奖金提取系数

集团项目奖金提取系数 =

$$\frac{\sum 集团参与奖金分配者的工资总额 \times \dfrac{该项目总周期月数}{\sum 该项目周期内所有开工项目的施工月数总和} \times 贡献比例系数}{\sum 项目中参与奖金分配者的工资总额 + \sum 集团中参与奖金分配者的工资总额 \times \dfrac{该项目总周期月数}{\sum 该项目周期内所有开工项目的施工月数总和}}$$

在第三个假设公式中，根据前面的基础假设，同样以集团参与 奖金分配者的工资总额来替代集团参与奖金分配者的总能力，而以 $\dfrac{该项目总周期月数}{\sum 该项目周期内所有开工项目的施工月数总和}$ 来表示集团总部参与奖金分配者放在本项目上的精力占其全部精力的比例，这基于这样一个假设，即在同样的时间内，集团总部对所有项目的关注程度都是一样的，对项目的关注程度和项目能够创造多少利润无关。同样，本公式中的贡献比例系数作为一个调整系数，主要是衡量参与奖金分配者的工作对项目的贡献程度。

3. 测算

下面，我们给出一种假设的情况来验证一下上面的三个公式，以验证哪一个公式更能使集团总部和项目公司内每个对项目起到重要作用的人员实际分配到的奖金数额是和他对项目的贡献相一致的。

假设某房地产公司集团总部，下辖 A、B、C 三个项目公司。A 公司的第一个项目于两年后正式完成，利润 2000 万元；A 公司的第二个项目在第一个项目完工后开工，于第三年末完成，利润1 000万元。B公司的第一个项目于一年半后正式完成，利润1 500万元；B公司第二个项目于第一个项目完工后开工，于第三年末完成，利润1 500万元。C公司的第一个项目于一年后完成，利润1 000万元；C公司的第二个项目于第一个项目完成后开工，并于第三年末完成，利润为2 000万元。假设这些项目的进展是匀速的，并且所做的利润预算是准确的。如图3-1所示：

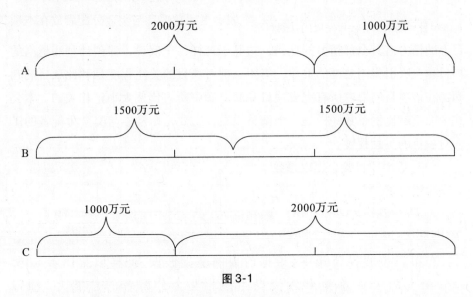

图3-1

同时，假设集团中参与项目奖金分配的都是集团高管人员，高管人数为9人，而每个项目公司参与项目奖金分配的也是项目公司的高管人员，假设每个项目公司的高管人数都为3人。

测算集团高管和每个项目公司高管中拿相同工资数的人，在3年内所分得项目奖金的情况。根据我们的基础假设，工资相等的人能力相同，那么在工资相等的人都尽了全部努力的情况下（即贡献系数＝1），则不论他们是在集团总部，还是在项目公司之中，他们3年内拿到的项目奖金应该是相等的。

具体高管工资和人数如表3-1所示。

表 3-1

集团高管	姓名	高管1	高管2	高管3	高管4	高管5	高管6	高管7	高管8	高管9
	年薪（万元）	5	5	5	3	3	3	2	2	2
城市公司 A	姓名	高管 A1			高管 A2			高管 A3		
	年薪（万元）	5			3			2		
城市公司 B	姓名	高管 B1			高管 B2			高管 B3		
	年薪（万元）	5			3			2		
城市公司 C	姓名	高管 C1			高管 C2			高管 C3		
	年薪（万元）	5			3			2		

这里我们选取高管 7、高管 A3、高管 B3、高管 C3 来测算。

为方便计算，我们假定所有参与项目奖金分配的人员都是尽了全力的，即所有人员的考核都为 100 分，且所有人的贡献比例系数都为 1；同时，我们假定所有项目的项目奖金总额为其利润总额的 10%。

（1）首先，测试公式 1

①在第一年年末

C 公司第一个项目完工，利润 1000 万元。

在这个年度内，仅有 C 公司项目完工，利润 1000 万元，项目奖金总额为 100 万元。

因此，集团中高管项目奖金分配比例

$$= \frac{(5+5+5+3+3+2+2+2) \times \frac{100}{100}}{(5+3+2) + (5+5+5+3+3+3+2+2+2) \times \frac{100}{100}} = 3/4$$

C 公司高管项目奖金分配比例 = 1 − 3/4 = 1/4

可计算得，

集团提取利润 $= 3/4 \times 100 = 75$（万元）

C 公司提取项目奖金总额 $= 25$（万元）

因此，高管 7 获得项目奖金 $= 75 \times \dfrac{2}{5+5+5+3+3+3+2+2+2} = 5$（万元）

高管 C 获得项目奖金 $= 25 \times \dfrac{2}{5+3+2} = 5$（万元）

因此，在第一年年末，计算结果如表 3-2 所示。

表 3-2

已完工项目	C				
已完工利润可提取的项目奖金总额（万元）	A 公司	B 公司	C 公司	合计	100
	0	0	100		
集团分得项目奖金（万元）	从 A 分得	从 B 分得	从 C 分得	合计	75
	0	0	75		
项目公司分得项目奖金（万元）	A 公司		B 公司		C 公司
	0		0		25
集团高管 7 分得项目奖金（万元）	从 A 分得	从 B 分得	从 C 分得	合计	5
	0	0	5		
项目公司高管分得项目奖金（万元）	高管 A3		高管 B3		高管 C3
	0		0		5

② 同理，在第二年年末，计算结果如表 3-3 所示。

表 3-3

已完工项目	A、B				
已完工利润可提取的项目奖金总额（万元）	A 公司	B 公司	C 公司	合计	350
	200	150	0		
集团分得项目奖金（万元）	从 A 分得	从 B 分得	从 C 分得	合计	210.69
	126.315	84.375	0		

（续表）

已完工项目	A、B		
项目公司分得项目奖金（万元）	A 公司	B 公司	C 公司
	73.685	65.625	0
集团高管 7 分得项目奖金（万元）	从 A 分得	从 B 分得	从 C 分得	合计 14.046
	8.421	5.625	0	
项目公司高管分得项目奖金（万元）	高管 A3	高管 B3	高管 C3
	14.737	13.125	0

③ 在第三年年末，计算结果如表 3-4 所示。

表 3-4

已完工项目	A、B、C		
已完工利润可提取的项目奖金总额（万元）	A 公司	B 公司	C 公司	合计 4350
	100	150	200	
集团分得项目奖金（万元）	从 A 分得	从 B 分得	从 C 分得	合计 229.286
	40	75	114.286	
项目公司分得项目奖金（万元）	A 公司	B 公司	C 公司
	60	75	85.714
集团高管 7 分得项目奖金（万元）	从 A 分得	从 B 分得	从 C 分得	合计 15.286
	2.667	5	7.619	
项目公司高管分得项目奖金（万元）	高管 A3	高管 B3	高管 C3
	12	15	17.143

因此，三年以来合计如表 3-5 所示。

表 3-5

三项目公司三年共提奖金（万元）	A 公司	B 公司	C 公司	合计
	300	300	300	900
高管 7 分得的项目奖金（万元）	第一年	第二年	第三年	合计
	8.421	14.046	15.286	37.753

（续表）

高管 A3 分得的项目奖金（万元）	第一年	第二年	第三年	合计
	0	14.737	12	26.737

高管 B3 分得的项目奖金（万元）	第一年	第二年	第三年	合计
	0	13.125	15	27.125

高管 C3 分得的项目奖金（万元）	第一年	第二年	第三年	合计
	5	0	17.143	22.143

　　由此可见，以公式1并不能使3个能力一样的员工在3年内拿到相同的项目奖金，也就是说，以公式1来进行项目奖金的分配，会造成某种不公平。

　　那么这种不公平是如何造成的呢？假设有三家公司A、B、C，A公司在第一年完成了利润100万元，而第一年B公司和C公司都没有完工；B公司在第二年完成了利润100万元，同时C公司也完成了利润100万元。也就是说，虽然完成利润的年份不同，但是A公司和B公司都完成了100万元的利润，那么从追求公平的角度来分析，A公司的高管第一年分的项目奖金应该和B公司同样工资的高管第二年分得的项目奖金相等。但是，按照公式1计算，在第一年中，对A公司来说，公式1中的 $\dfrac{\text{该项目计划利润额}}{\sum\text{当年所有完成项目的总利润}} = 1$；第二年中，对于公司B来说，公式1中的 $\dfrac{\text{该项目计划利润额}}{\sum\text{当年所有完成项目的总利润}} = 1/2$。也就是说，即使两个项目创造的利润相同，但是在不同年份因为其他公司所创造利润的原因，这两个公司的 $\dfrac{\text{该项目计划利润额}}{\sum\text{当年所有完成项目的总利润}}$ 比例可能不等。为了说明一个普遍情况，我们假设A公司此比例为 z_1，B公司此比例为 z_2，用 x 来代替"集团参与分配奖金者的工资总额"，用 y 来代替"项目公司参与分配奖金者的工资总额"。

　　则此时A公司的利润提取系数 $= 1 - \dfrac{xz_1}{y + xz_1}$

　　B公司的利润提取比例 $= 1 - \dfrac{xz_2}{y + xz_2}$

　　因为，$z_1 > z_2$

　　所以，$y + xz_1 > y + xz_2$

所以，$\dfrac{xz_1}{y+xz_1} > \dfrac{xz_2}{y+xz_2}$

所以，$1 - \dfrac{xz_1}{y+xz_1} < 1 - \dfrac{xz_2}{y+xz_2}$

因此，在同样创造 100 万元的利润的条件下，A 公司提取的利润数要小于 B 公司提取的利润数。可见，在其他条件一定的情况下，在不同的年份，即使项目公司创造出相同的利润额，但是因为整个集团在不同年份总利润额的不同，项目公司提取的利润也会不同，这使得公式 1 在理论上就缺乏可行性。

（2）其次，测试公式 2

① 在第一年年末

C 公司第一个项目完工，利润 1000 万元。可提取项目奖金 100 万。

在这个项目的周期内，A 公司项目的计划利润应该完成了 1/2，即 1000 万元；B 公司项目的计划利润应该完成了 2/3，即 1000 万元。

因此，集团中高管项目奖金分配比例

$$= \frac{(5+5+5+3+3+3+2+2+2) \times \dfrac{100}{100+100+100}}{(5+3+2) + (5+5+5+3+3+3+2+2+2) \times \dfrac{100}{100+100+100}} = 1/2$$

C 公司高管项目奖金分配比例 = 1 − 1/2 = 1/2

可计算得，

集团提取利润 = 1/2 × 100 = 50（万元）

C 公司提取项目奖金总额 = 50（万元）

因此，高管 7 获得项目奖金 $= 50 \times \dfrac{2}{5+5+5+3+3+3+2+2+2}$
$$= 10/3 （万元）$$

高管 C 获得项目奖金 $= 50 \times \dfrac{2}{5+3+2} = 10$（万元）

因此，在第一年年末，计算结果如表 3-6 所示：

表 3-6

已完工项目	C				
已完工利润可提取的项目奖金总额（万元）	A公司	B公司	C公司	合计	100
	0	0	100		
集团分得项目奖金（万元）	A公司	B公司	C公司	合计	300
	100	100	100		
项目公司分得项目奖金（万元）	从A分得	从B分得	从C分得	合计	50
	0	0	50		
集团高管7分得项目奖金（万元）	A公司		B公司	C公司	
	0		0	50	
项目公司高管分得项目奖金（万元）	从A分得	从B分得	从C分得	合计	10/3
	0	0	10/3		
已完工利润可提取的项目奖金总额（万元）	高管A3		高管B3	高管C3	
	0		0	10	

② 同理，在第二年年末，计算结果如表 3-7 所示。

表 3-7

已完工项目	A、B				
已完工利润可提取的项目奖金总额（万元）	A公司	B公司	C公司	合计	350
	200	150	0		
集团分得项目奖金（万元）	A公司	B公司	C公司	合计	300
	100	100	100		
项目公司分得项目奖金（万元）	从A分得	从B分得	从C分得	合计	175
	100	75	0		
集团高管7分得项目奖金（万元）	A公司		B公司	C公司	
	100		75	0	
项目公司高管分得项目奖金（万元）	从A分得	从B分得	从C分得	合计	35/3
	20/3	5	0		
已完工利润可提取的项目奖金总额（万元）	高管A3		高管B3	高管C3	
	20		15	0	

③ 在第三年年末，计算结果如表 3-8 所示。

表 3-8

已完工项目	A、B、C				
已完工利润可提取的项目奖金总额（万元）	A 公司	B 公司	C 公司	合计	450
	100	150	200		
集团分得项目奖金（万元）	A 公司	B 公司	C 公司	合计	300
	100	100	100		
项目公司分得项目奖金（万元）	从 A 分得	从 B 分得	从 C 分得	合计	225
	50	75	100		
集团高管 7 分得项目奖金（万元）	A 公司		B 公司		C 公司
	50		75		100
项目公司高管分得项目奖金（万元）	从 A 分得	从 B 分得	从 C 分得	合计	15
	10/3	5	20/3		
已完工利润可提取的项目奖金总额（万元）	高管 A3		高管 B3		高管 C3
	10		15		20

因此，三年以来合计如表 3-9 所示。

表 3-9

三项目公司三年共提奖金（万元）	A 公司	B 公司	C 公司	合计
	300	300	300	900
高管 7 分得的项目奖金（万元）	第一年	第二年	第三年	合计
	10/3	35/3	15	30
高管 A3 分得的项目奖金（万元）	第一年	第二年	第三年	合计
	0	20	10	30
高管 B3 分得的项目奖金（万元）	第一年	第二年	第三年	合计
	0	15	15	30
高管 C3 分得的项目奖金（万元）	第一年	第二年	第三年	合计
	10	0	20	30

可见，公式 2 的计算结果完全符合我们所要追求的公平原则。

（3）最后，分析公式 3

$$集团项目奖金提取系数 = \dfrac{\sum 集团参与奖金分配者的工资总额 \times \dfrac{该项目总周期月数}{\sum 该项目周期内所有开工项目的施工月数总和} \times 贡献比例系数}{\sum 项目中参与奖金分配者的工资总额 + \sum 集团中参与奖金分配者的工资总额 \times \dfrac{该项目总周期月数}{\sum 该项目周期内所有开工项目的施工月数总和}}$$

可以发现，当每个项目每个月创造的利润都相等的情况下，即在每个项目创造的利润总额和项目延续的时间成正比的情况下，公式 3 和公式 2 的计算结果将会是一样的。而在每个项目创造的利润总额和项目延续的时间不成正比的情况下，用公式 3 计算将会有较大的误差。

4. 结论

综上所述，在对未来利润预算精确的情况下，用公式 2 计算集团项目奖金提取系数最为精确。即

$$集团员工个人项目奖金 = 项目奖金总额 \times 集团项目奖金提取系数 \times 个人发放比例 = 项目奖金总额 \times$$

$$\dfrac{\sum 集团参与奖金分配者的工资总额 \times \dfrac{该项目计划利润额}{\sum 该项目周期内所有项目完成的计划利润} \times 贡献比例系数}{\sum 项目中参与奖金分配者的工资总额 + \sum 集团中参与奖金分配者的工资总额 \times \dfrac{该项目计划利润额}{\sum 该项目周期内所有项目完成的计划利润}}$$

$$\times \dfrac{该员工年度工资 \times 该员工项目周期内各季度绩效考核得分均值}{\sum （集团参与分配人员年度工资 \times 个人项目周期内各季度绩效考核得分均值）}$$

$$项目公司员工个人项目奖金 =$$

$$项目奖金总额 \times （1 - 集团项目奖金提取系数） \times 个人发放比例 = 项目奖金总额 \times$$

$$\left(1 - \dfrac{\sum 集团参与奖金分配者的工资总额 \times \dfrac{该项目计划利润额}{\sum 该项目周期内所有项目完成的计划利润} \times 贡献比例系数}{\sum 项目中参与奖金分配者的工资总额 + \sum 集团参与奖金分配者的工资总额 \times \dfrac{该项目计划利润额}{\sum 该项目周期内所有项目完成的计划利润}}\right)$$

$$\times \dfrac{该员工年度工资 \times 该员工项目周期内各季度绩效考核得分均值}{\sum （项目公司参与分配人员年度工资 \times 个人项目周期内各季度绩效考核得分均值）}$$

　　而如果计划利润难以保证精确，那么计算奖金提取系数的公式 3 可以作为公式 2 的一个较好的替代。

互联网企业独特的人力资源管理

李必峰

1. 互联网产业的发展历程

互联网产业是最近十几年才出现和发展起来的新兴行业，其发展速度和巨大变化令人惊叹，即使从全球来看，互联网产业的历史也非常短。1991 年美国发明了万维网，到 1993 年第一个普及化的浏览器诞生，之后才逐渐形成了互联网服务的经济体系，美国诞生了 YAHOO（雅虎）、MSN、GOOGLE（谷歌）等互联网巨头公司。在中国，互联网产业实际上是从 1996 年开始萌芽，到现在也不过 12 年的时间。在 2000 年互联网泡沫破灭之后，国内的互联网产业格局发生了天翻地覆的变化，除了传统的新浪、搜狐、网易这三大门户网站以外，新的互联网公司包括腾讯、百度、阿里巴巴、盛大、巨人网络又创造了新的神话。经过十几年的高速发展，国内互联网企业在商业模式和运营管理方面都发生了巨大变化，那么互联网企业在人力资源管理理念和实务操作方面发生了什么样的变化？与传统行业相比又有什么独特之处呢？

2. 互联网产业的行业特点

（1）创新和变化是互联网企业永恒的主题

无论是在互联网技术本身的发展前景方面，还是在互联网企业的商业模式和运营管理方面，都没有前人的经验和教训可以借鉴，这是互联网产业与传统行业最大的区别。互联网企业的发展，主要是依靠企业的领导团队自身持续不断的摸索和创新，这不仅体现在对技术前景的预测上，更重要的是对互联网企业的市场运作方式及商业模式的创新。在刚刚过去的 2007 年，互联网就有不少新的市场运作热点，巨人网游登陆美国资本市场，阿里巴巴的香港高调上市，网游、电子商务、B2B、B2C 等都是互联网新的商业模式。

（2）互联网产业与其他行业交叉形成新的产业是未来发展的趋势

经过十几年的发展证明，仅仅依靠互联网本身是很难实现商业价值的，互联网必须与其他行业相结合，创造出一些全新的产品或服务，才能挖掘出潜在的市场机会，获得丰厚的经济回报。例如，互联网与游戏结合创造出网络游戏服务，与地图结合创造出本地生活服务信息搜索，与服装销售结合诞生了网上服装店等。

3. 互联网企业的整体人力资源战略

（1）互联网企业的组织架构、岗位设置及岗位职责将随着企业经营战略目标及商业运作模式经常性的调整而频繁地调整

与传统行业较为固定的组织形式不同，互联网企业必须建立相对柔性、灵活的组织，包括部门及岗位设置、职责等。现在有一些互联网企业在岗位工作内容变化较快的部门内部，以团队或小组为单位完成某一项工作，不再设置固定的岗位，也不再规定某个人的固定工作内容。

（2）互联网企业需要营造凝聚力强的组织文化氛围，同时倡导灵活性、适应性的文化

正因为互联网企业的多变性，更需要企业及早找到并明确企业始终追求的目标是什么，坚持的原则是什么，持续强化员工对企业基本价值观的认同；否则，将导致整个组织的成员因在发展道路上失去目标而感到迷茫、人心涣散并造成大规模的人员流失。一个公司的企业文化说出来总是显得有点儿空洞、虚幻，但是优良的企业文化往往是企业发展的核心动力。搜狐首席执行官张朝阳曾经这样评价搜狐的企业文化："搜狐的企业文化是搜狐发展、创新、品牌等一切的基础，是万物之源，正是这种文化的凝聚力、文化的精神激励着搜狐的员工充满激情地工作。"

（3）互联网企业不同的战略和商业模式对人员需求差异较大

在互联网技术高度发展的今天，互联网企业的领导者已经不再是单纯的技术专家，而应该是有创造性的商业天才，能够利用互联网技术创造出新的产品、服务，并由此创造新的商业运作模式。企业内部不同类别的人员，在不同的战略中发挥的价值也不同。以技术人才为例，在技术领先的战略思想下，强调的是建立与众不同的、领先的技术框架及设想，而在客户领先的战

略思想下，则要关注市场和顾客需要怎样的技术以满足他们的需求。

（4）互联网企业在用人策略上需要更加重视后备人才的发掘和培养

由于互联网行业发展时间短，从业人员年龄普遍较低，行业工作经验较少，企业更应注重从内部发掘有潜质的员工并加以重点培育，要敢于任用年轻员工担任关键岗位和管理岗位，在实际工作中培养出自己的核心队伍和管理人员。这种内部培养和提拔机制也能不断地激励士气，形成积极向上的团队氛围。阿里巴巴的马云曾经说过他一开始并不喜欢招聘应届毕业生，认为他们"一天三个主意，一年换三个工作"，但是后来他开始修正自己的观念："在淘宝网的前期开发阶段，主创人员中就有些刚毕业的大学生，他们经受了默默无闻和勤苦工作的考验。很多当初的大学生现在已经开始管理几百号人了。"马云开始相信，人才还是自己培养的好。

（5）互联网企业需要树立"以人为本"的人力资源管理理念

互联网企业从业人员普遍都是 80 后出生，个性鲜明，独立性强，传统行业的管理方式已经不再适合他们。企业需要把人力当成组织中最大的资本，当成能带来更多价值的价值来对待，尊重人、理解人、关心人、爱护人、帮助人、造就人，这是实施一系列人力资源管理工作的前提所在。

4. 互联网企业的具体人力资源策略

（1）把好招聘关

互联网企业的组织结构的经常性调整、员工的频繁流失，使得互联网企业的人力资源部门在一年的大部分时间内都忙于招聘工作。网上接收和筛选简历、电话通知面试、笔试成为了人力资源部门的日常工作，在笔者曾经任职的一家互联网企业，人力资源部经理 1 年面试的人数超过了 3000 人，按照 300 个工作日计算，平均每天面试 10 个人。但在笔者看来，如果注意总结经验，完全可以避免陷入这种整天面试的困境。招聘是人力资源实务工作的第一个环节，也是非常重要的一个环节。在招聘工作前，要根据岗位工作性质、人员素质要求等建立相应的素质模型，在筛选简历、设计笔试和面试题目时都要综合考虑素质模型的要求，在面试阶段尤其要注意观察候选人的个性特点、价值观、职业观是否适合企业的文化，是否适应其上级的管理风格。如果能够在面试阶段将不适合企业文化、不适应其上级管理风格的人员淘汰，就能够在很大程度上缩短人员入职后的适应期，也能降低人员的主动流失率，减少重复招聘的次数。

阿里巴巴的邓康明曾经说过："阿里巴巴非常强调人的文化层面所展示的状态，如态度、个性、行为方式等，与能够在短期之内带来业绩的技能相比，我们更加看重这些软性素质。在招聘的时候，我们会着重考察他在这些方面的情况。行为方式和价值观方面不能与公司契合的，业绩再好，我们都不能容忍。"在阿里巴巴，价值观是决定一切的准绳，招什么样的人，怎样培养人，如何考核人，都坚决彻底地贯彻这一原则。而阿里巴巴的价值观有个很特别的叫法——"六脉神剑"。何谓"六脉神剑"？其实很简单：一是"客户第一"，指关注客户的关注点，为客户提供建议和资讯，帮助客户成长；二是"团队合作"，共享共担，以小我完成大我；三是"拥抱变化"，突破自我，迎接变化；四是"诚信"，指诚实正直，信守承诺；五是"热情"，永不言弃，乐观向上；六是"敬业"，以专业的态度和平常的心态做非凡的事情。在阿里巴巴，诚信是最重要的。

（2）加强人才培养

互联网企业从业人员普遍比较年轻，工作经验较少，而互联网本身的发展又很快，无论在技术还是商业运作方面都有许多创新之处，为了让员工能跟上企业的发展，必须加强员工的培训力度。在入职培训时，主要目的是为了帮助员工更好地了解和熟悉企业及工作情况，学习基础的专业知识和技能，并逐渐融入工作团队。在经历了一段工作时间后，为了让员工尽快掌握各种新的业务知识和专业技能，需要定期开展在职培训。为了培养企业所需的中高级管理人才，还应该通过轮岗、破格提拔、脱产学习等方式对目标人群进行管理意识和管理技能的培训。培训也是一种很好的沟通和团队建设方式，通过多种多样的培训形式，例如拓展训练、沙盘演练等，能够在短期内凝聚人心，提升士气。此外，还应设计职业生涯通道，例如技术、专业、管理等不同序列，员工能够看到在企业内部发展的空间，将个人发展与企业发展捆绑在一起。

在搜狐公司，新来员工数量一旦足够20人以后，人力资源部就会组织一次入职培训，将公司的历史、文化、规章制度、公司主要业务线做一次详细的讲解。之后，人力资源部组织新员工做拓展训练，让员工在紧张又有意义的气氛中学会挑战自己、帮助别人，一起融入公司团队。到目前为止，搜狐已经有十几批学员了，来自不同部门的员工一起交流工作，一起郊游娱乐，关系特别融洽。整个搜狐公司有600多人，平常工作时，不可能与每个人都打交道，员工通过培训相互认识，形成自己的小群体，有一种归属感，工作气氛显得很和谐。

盛大网络的人才培养计划就是按职务类别与层级的不同，分别有不同的职业发展计划。公司的中高层管理者大部分都从内部培养、提拔，获得晋升需要有优良的工作绩效。

阿里巴巴会对具有潜力的员工进行大力培养，邓康明说："我们会给予他各种培训机会，给予他在不同业务部门轮岗的机会，使他能够在比较短的时间里接触到不同的业务，锻炼各个方面的能力。为了培养一些关键人物，我们甚至不惜承担风险把他放到一个重要的位置上，哪怕他一时还难以胜任这个位置。这样的方法能使年轻人很快成长起来，互联网不是一个以资历论英雄的行业。"

（3）基于能力和岗位设计薪酬体系

互联网企业的组织结构、部门与岗位设置及职责较之传统行业更为灵活而多变。一个员工的工作岗位可能会频繁调整，而且即使是相同的岗位在不同的时期其工作内容也会发生变化。在笔者任职于某家互联网企业时，就曾在不同的阶段从事了产品研发、客户信息咨询、培训等不同的工作。在这种岗位工作内容频繁变化的情况下，传统的基于岗位的薪酬体系就会遇到一些困惑。我们知道，基于岗位的薪酬体系的理论基础是假设不同岗位之间由于工作责任及任职资格的不同形成了岗位价值的差异，不同岗位的薪酬水平差异体现了岗位价值的高低。而互联网企业的岗位设置及职责非常灵活多变，这种薪酬体系并不能体现从业人员的真正价值。要解决这一问题，可以考虑将从业人员个人技能及综合能力纳入薪酬体系，基于能力和岗位的需要设计一种全新的薪酬体系，既能体现个人的综合能力，也能体现所在岗位的重要性。在岗位或者工作内容发生变化时，只要能力要求不变，那么薪酬水平就可以保持不变。相应地，即使岗位和工作内容不变，只要能力要求提升了，那么薪酬水平就可以随之提升。

（4）采取灵活的福利和激励措施

互联网企业员工有许多个性化的需求，比如更为自由的工作时间、更为多元化的精神激励、更为舒适的生活方式等。针对这种情况，互联网企业应该采取更为灵活的福利措施，例如弹性工作制、在家办公、自助式福利都是可以考虑的方式。

新浪公司曾经花了很多精力来解决员工子女入托的问题，还有自己的育婴室，从早上 8 点到下午 4 点，员工可以把自己还没到上幼儿园年龄的孩子放到这里，有专人负责照看。新浪还建立了员工服务中心，员工遇到困难可以打电话寻求帮助；还为员工设立了心理咨询和辅导服务，定期请心理专家来给员工做心理辅导。

同时，针对企业的战略性人才，还可以考虑进行多种形式的中长期激励，例如利润分享、股票期权、虚拟股票、业绩单位等。在盛大、阿里巴巴公司，现在都有股票期权激励计划。

（5）强调"沟通式"绩效管理

互联网企业的战略和经营目标调整较为频繁，员工的岗位和工作内容变化较快，考核指标与标准的制定随时都有可能发生变化，因此绩效管理的周期应该以月或季度为单位。绩效管理的重点在于绩效计划阶段，管理者必须与员工就工作目标进行充分沟通并达成一致，具体的工作方式可以由员工自己掌握，管理者只需要对关键环节和最终结果进行评价考核。此外，管理者还应该对员工在工作过程中体现出来的综合能力的提升进行评价，这就需要管理者认真观察员工的一些典型行为，并及时记录下来，在与员工沟通时提出改进建议。员工业绩和能力评价结果又将与业绩奖金、薪酬级别调整、培训和职业生涯发展相结合。

在新浪公司，自从段冬担任新浪人力资源总监后，绩效管理工作逐步开始推行，到现在绩效管理已经在新浪发挥了重要的作用，每个员工都可以在这个体系中证明自己的价值，通过考核指标使自己的日常工作和公司的整体战略目标紧密相连。新浪的人力资源工作也在这个基础上从基本的人事管理上升到了战略性人力资源管理。在绩效计划阶段，新浪公司高层每个人要写这个季度要做的"七件事"，其中包括五个业务指标和两个管理指标。高层人员组成的新浪管理委员会要讨论每个人的七件事是不是和公司战略和年度的规划相一致，一旦经过讨论确定下来，每个人的七件事就分解到他们的下一层，下一层再写七件事，层层分解一直到基层员工。基层员工也要写七件事，他们不是管理者，没有那两个管理指标，但是有相关的行为指标，比如某个员工这个季度可能要提高自己的沟通能力，那么他就要计划怎样去提高，或者参加培训，或者要参加一个研讨会，或者要到别的部门去见习等，这些都经过上下级直接的、充分的沟通后予以确认。在工作过程中很重要的一点是管理者要对执行情况进行跟踪，上级每个月要和员工总结一下，关键的事件要记录下来，并要在每个月月末进行回顾。如果月度不总结，到季度末发现目标变化很大，但是没有在执行过程当中指出并记录，执行效果就要打折扣了。

5. 总结

2007 年的巨人网游登陆美国资本市场、阿里巴巴的香港高调上市，似乎预示着中国互联网企业又一个春天就快到来，互联网企业的人力资源管理也必须在发展中求变化，在变化中求发展，这也是我们人力资源管理从业者长期的使命。

激励四要素，你关注了没有

杜艳华

1. A企业的苦恼

近年来，A企业内部财务事故频繁，一小部分人贪图个人利益，上下级人员联手欺瞒公司，将公司财产吞入私囊并逃之夭夭。这些事故给A企业的经济和名誉带来了巨大损失。

为了降低此类财务事故的发生概率，公司决定加强管理，采取从严、从重的惩罚措施，并且加大了业务稽查力度，凡是违规操作的员工，无论影响大小，最轻的处分也是全公司通报批评、扣发当月工资。然而此措施实施了一段时间之后，企业财务事故的发生概率并没有降低，而且更令公司管理层头痛的是，公司的工作效率也越来越低，员工的工作积极性也在逐渐减退。

2. 原因初探

根据常理推断，A企业的惩罚措施严厉了，事故发生概率应该下降才对，然而为什么A企业没有达到预期的降低财务事故发生概率这一目的，反而影响了企业的效率呢？

通过内部管理诊断发现，A企业的激励措施存在如下缺陷：

激励路径不正确——有反向激励而无正向激励，有惩罚而无奖励。按照A企业制定的激励方案，员工在办理业务过程中出现违规操作将受到严厉处罚，哪怕是一个几乎没有不良影响的失误；然而员工不做事或者少做事是不会受到惩罚的，于是几乎所有员工都选择了不做事或者少做事，力求自保而不是拓展业务。

激励方法不得当——惩罚标准不统一。在A企业中，对于同一操作错误的评判标准不统一且不稳定。在没有接到新的操作规定之前和之后，公司对于同样操作的稽核结果是不同的，这样员工无所适从，不知道哪个标准是正确的。

例行检查过多且仅停留于纸面，比较形式化。在确定新的激励方案后，A企业对于业务的稽核工作明显加强，不仅派遣更多的检查组进行稽核工作，而且每次进行稽核前都要求业务人员提供近几年甚至几十年的数据资料，不仅加重了业务人员的负担，而且业务人员认为此种基于业务人员提供数据资料的检查，能够起到的作用有限，偏向于形式化。

上述三个方面原因共同作用，使A企业的员工偏于自我保护和不作为，打击了员工的积极性，于是A企业的工作效率越来越低。

3. 激励四要素

在流程和权限分配已经确定的企业中，如果我们将惩罚也看做是激励的反向应用的话，那么降低企业操作风险无非是靠正向和反向激励相结合的激励方案。

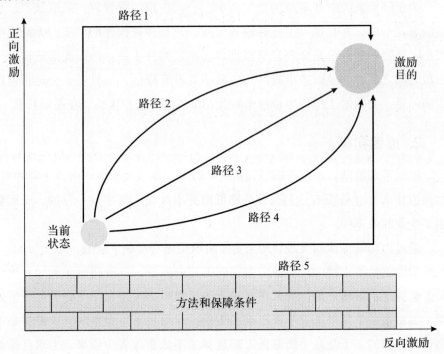

图3-2　激励四要素

激励四要素如图 3-2 所示，一个好的激励措施，必须包括：

◆ 明确的激励目的；

◆ 正确的实施路径；

◆ 得力的操作方法；

◆ 与激励措施相配套的、保障激励计划顺利实施的其他必备条件。

乍看上去，激励目的很容易确定，实则不然。激励目的不能简单地草率制定，而是要根据激励措施实施后能够产生的作用确定综合性激励目的。综合性激励目的能够避免激励方案导致不希望的结果发生，以及出现相反的激励效果。

实施路径主要沿着两个方向前进，即正向激励和反向激励。如果过于偏重正向激励，则员工容易犯错，犯错后无相应惩罚，则员工将不吝犯错；实施路径如果过于偏重于反向激励，则员工将不思进取，尽量推卸责任和无作为，因此正向激励和反向激励应结合使用。从图 3-2 可以看出，路径 1 和路径 5 是不可取的，而路径 2、路径 3 和路径 4 相对更为可取。

在操作方法方面，主要考虑操作的有效性和简便性相结合，兼顾员工的心理感受。

其他必备条件：在企业中实施激励，企业的基础条件很重要，包括企业文化、现有的薪酬结构和水平、工作强度等。

综上所述，企业制定激励方案需要考虑很多因素，建议企业不妨从以下几点着眼，做好激励工作：

◆ 审慎考虑达到激励目标可能遇到的困境以及激励方案的积极作用和消极作用；

◆ 采取正向激励和反向激励相结合的激励路径，根据实际情况适当偏重；

◆ 激励方法整齐划一，考虑被激励人员的心理反应，跟踪实施状况进行完善；

◆ 注重企业文化、薪酬等支持条件。

集团公司薪酬管理常见问题
及应对策略

李梅香

　　中国国有企业众多，尤其是大型的集团型公司，是我国目前经济发展的中流砥柱。大型集团公司的人力资源管理与单一的公司相比也更加复杂，集团人力资源经理经常会遇到这样的难题：多个不同行业的分公司和子公司的薪酬管理不知如何能够准确到位，避免"一抓就死，一放就乱"的尴尬境地？不同地区、不同行业、不同类型的员工薪酬水平与薪酬结构如何体现集团的统一性与差异性呢？

1. 关键问题 1：对于不同类型的分支机构，如何准确管理到位

　　首先，明确薪酬管控模式类型及对应的集团总部与分支机构各自的分工。

　　集团公司总部对于下属的分支机构的薪酬管控模式一般可以分成松散管理型、政策指导型、操作指导型、全面管理型四种。针对不同的薪酬管控模式，总部和下属的分支机构的职能在制定薪酬策略与制度、预算人工总成本、薪酬的计算与发放以及经营团队薪酬管理等方面各有分工，具体如下。

　　（1）松散管理型

　　总部人力资源部负责制定总部的薪酬策略和薪酬制度；对分支机构提供薪酬管理的咨询；负责总部员工的薪酬计算与发放；负责制订下属分支机构的总经理及财务负责人的激励机制。

　　分支机构人力资源部负责制订分支机构的薪酬策略和薪酬制度；负责控制分支机构的人工总成本；负责分支机构员工的薪酬计算与发放；负责制订其他高管的激励机制，报总部人力资源部门审批。

　　（2）政策指导型

　　总部人力资源部负责制定总部的薪酬策略和薪酬制度；制定分支机构进

行薪酬策略和薪酬制度的设计原则，提供薪酬管理的工具；负责总部员工的薪酬计算与发放；制订分支机构高管及财务负责人的激励机制。

分支机构人力资源部在总部的指导下定位薪酬策略，设计薪酬制度；负责控制分支机构的人工总成本；负责分支机构员工的薪酬计算与发放；负责制订部门经理的激励机制，报总部人力资源部备案。

（3）操作指导型

总部人力资源部负责制定总部的薪酬策略和薪酬制度；在分支机构薪酬策略和制度的设计流程上进行指导；负责控制分支机构的人工总成本；负责总部员工的薪酬计算与发放；制订分支机构高管及财务负责人的激励机制。

分支机构人力资源部在总部人工成本的限制和指导下，进行薪酬策略的定位和薪酬制度的设计；负责分支机构员工的薪酬计算与发放；负责制订部门经理的激励机制，报总部人力资源部审批。

（4）全面管理型

总部人力资源部负责制定总部的薪酬策略和薪酬制度；负责分支机构的薪酬制度的设计；负责控制分支机构的人工总成本；负责总部员工的薪酬计算与发放；制订分支机构管理人员的激励机制。

分支机构人力资源部负责分支机构员工的薪酬计算与发放。

其次，确定各个分支机构的薪酬管控模式。

总的来说，通常依据各分支机构业务的价值链的完善程度、人员规模、人力资源管理水平等方面的实际情况，综合考虑选择最适合的管控模式。如果分支机构的业务价值链比较完善的话，可以给予更多的权力来支持业务发展；对于那些人员规模比较小的成员企业，无需配备人力资源专业人员，则适合采取操作指导型或全面管理型；采用不同的管理模式还需要考虑成员企业的人力资源管理水平，在人力资源基础架构还未建立起来的情况下，适合采取操作指导型；如果成员企业业务处于发展中或属于崭新的业务，鉴于发展变化比较快，给予经营机构在人力资源管理上更多的灵活性将更符合业务发展的需要；如果集团处于文化融合期，希望形成统一的企业文化，适合采用集权化程度比较高的模式，这样有利于塑造统一的企业文化。

2. 关键问题 2：采用何种薪酬结构，才能实现对不同类型的员工的有效激励

大型集团人员众多，单一的薪酬结构无法体现出员工类型的差异，应首先分析员工类型，然后针对员工特征来制定具有针对性的薪酬结构，来实现对不同类型员工的有效激励。

例如，某大型生产性集团公司的员工有以下五种类型：管理人员、专业人员、技术人员、营销人员、生产人员。

针对以上的员工类型，薪酬类型可以设计为适用于管理人员的年薪制、适用于专业人员的岗位绩效工资制、适用于技术人员的岗位技能工资制、适用于营销人员的业绩提成工资制、适用于生产人员的计件（时）工资制五种。

年薪制：适用于管理人员。薪酬结构为月度基本工资＋绩效工资（季度/年度）＋年度效益奖金，其中月度基本工资每月固定发放，绩效工资（季度/年度）由员工的绩效考核成绩确定发放，年度效益奖金根据员工所在的分支机构的效益确定，集团总部的员工年度效益奖金以整个集团的效益确定。

岗位绩效工资制：薪酬主要分为基本工资＋绩效工资＋效益奖金，基本工资每月固定发放，绩效工资按月由员工个人的绩效考评成绩确定，集团职能部门的效益奖金由公司整体业绩完成情况确定；各分支机构的效益奖金根据各分支机构的业绩完成情况确定。

岗位技能工资制：适用于研究开发序列的岗位。薪酬主要分为技能工资＋绩效工资＋项目奖金＋效益奖金，技能工资每月固定发放，绩效工资由员工个人的绩效考评成绩确定，项目奖金根据项目总奖金和考核结果按周期发放，效益奖金根据公司整体的业绩效益确定。

业绩提成工资制：薪酬主要分为基本工资＋绩效工资＋销售提成奖金＋效益奖金，其中基本工资每月固定发放，绩效工资由员工月度绩效考评成绩确定，销售提成奖金依据企业销售激励方案确定，效益奖金根据公司经营业绩确定。

计件（时）工资制：主要针对生产一线员工，计件（时）工资依据员工工作量和工时确定，对违反相关规定（如质量、流程、工艺等）的员工工资做相应扣减。

同时，以上不同类型的薪酬结构可以参照市场的最佳实践来确定各部分的比例，如表 3-10 所示。

表 3-10

职位层次	固定收入比例	变动收入比例
高层管理人员	50%～60%	40%～50%
中层管理人员	60%～70%	30%～40%
初级管理人员	70%～80%	20%～30%
营销岗位	40%～50%	50%～60%
专业岗位	70%～80%	20%～30%
技术岗位	70%～80%	20%～30%
生产岗位	80%	20%

3. 关键问题 3：采用何种薪酬策略和薪酬水平，才能实现集团薪酬管理的统一性与差异性的有效结合

在一个涉及多个行业的大型集团中，行业之间的薪酬水平差异是不可避免的，但作为同一集团的下属公司，还要体现出集团薪酬管理的策略与统一性。如何协调二者达到有效的接合呢？

（1）解决方案 1：整体确定策略，个别确定水平，突出体现行业差距

首先，需要进行各个行业的专项薪酬调查，了解行业的薪酬水平和目前本集团在各个行业的市场位置。这是制定薪酬标准的数据基础。

其次，集团公司制定统一的薪酬策略。例如集团公司的整体薪酬水平策略为跟随策略，以市场 50 分位为薪酬水平目标，个别关键的岗位或者行业可以实行领先战略，比如研发人员、销售人员等，这要与集团近期的发展目标相适应，可以根据集团每年的发展重点适当向个别岗位倾斜，但总体来说，也要考虑整体的平衡问题。

最后，根据各个行业的薪酬数据与集团薪酬策略确定各行业各岗位的具体薪酬水平。

（2）解决方案 2：确定行业系数，明确体现行业差距，突出集团整体统一性

首先，需要进行各个行业的专项薪酬调查，了解行业的薪酬水平和目前

在各个行业的市场位置。这是制定薪酬标准的数据基础，是与方案 1 同样的步骤。

其次，根据各个行业的薪酬平均水平确定行业系数。

再次，选择基准行业，确定基准薪酬水平。

最后，根据行业系数和基准薪酬水平确定各行业各岗位的具体薪酬水平。

4. 关键问题 4：不同地区的分支机构的薪酬水平如何"摆平"

大的集团公司往往在各地都有分支机构，有的还在海外设有分支机构，那在不同地区的员工的薪酬如何管理呢？

（1）解决方案 1：根据各地的薪酬调查结果确定各地区系数

最理想的状况是在各个地区开展专项的薪酬调查，但是有很多现实的因素会影响多地区的薪酬调查的实现，比如各地的经济发展不均衡，很多地区无法开展专项薪酬调查，或者全面进行薪酬调查的成本过高。如果不能开展薪酬调查的话，可以利用国家统计局的相关数据来实现，如表 3-11（仅列举部分省市数据示意）所示。

表 3-11

省份	地区系数	职工平均工资	平均每人全年消费性支出
北京	100%	29311	11123
天津	72%	21389	7867
河北	46%	12476	5439
安徽	43%	12041	5064
福建	59%	15383	7356
江西	42%	11952	4914
山东	51%	13887	6069
河南	44%	12598	4941
湖北	47%	11890	5963
湖南	51%	13614	6082
广东	82%	22424	9636

（2）解决方案 2：除了考虑各地的薪酬调查结果外，还同时考虑各地分

支机构的经营情况，综合确定地区系数

表 3-12 为某通信运营商在综合考虑各地的经济情况和各地分支机构的运营状况的基础上确定的分公司地区系数。

表 3-12

综合比例系数指标		计分方法
市场环境指标	地区在岗职工平均工资收入	月均每消费 X 元为 1 分
	地区人均消费水平	在岗职工月均收入 X 元为 1 分
经营规模指标	有效用户数	有效用户数每 X 户为 1 分
	管理的营业部数	每管辖 X 个营业部为 30 分
效益水平指标	业务收入	按实际水平折算，每百万元人民币为 1 分
	净利润	按实际水平折算，用户人均利润率，每 1 元为 1 分
注：各单位综合得分为以上三类六项指标相加值。		

计分区间	综合比例系数	分公司
≥1250 分	0.95	北京、上海、深圳
601～1249 分	0.9	四川、湖南、湖北、山西、河北、广西
≤600 分	0.85	西藏、新疆、海南

鉴于篇幅的限制，本次只选取了集团人力资源管理薪酬方面的几个典型问题跟大家分享，今后还将陆续将其他方面的问题与大家共享，期待您的继续关注。

企业停止奔跑后的员工士气激励

杨 丹

1. 案例

南方某 IT 公司创业初期由于老板的独到眼光，盯准了市场的蓝海领域，业务发展非常迅速，公司的员工每天都像旋转的陀螺一样不停地工作，加班加点是家常便饭，可即使这样，再苦再累大家也都毫无怨言，仍然士气高昂地工作着，为了企业共同的目标而忙碌着。随着公司规模越做越大，企业人员明显感到捉襟见肘，每个人都身兼数职，可还是眼瞅着到嘴边的肥肉吃不着，老板为此事着急上火，整天吃不香睡不好，虽然人力资源部每天都在不停地面试，但仍解决不了燃眉之急。于是，老板给人力资源总监下达了最后通牒，一个月之内不惜一切代价必须解决人员问题，否则就别干了。接下来，大家就可想而知，人力资源部为了完成老板的死任务，开始拼命地大量招人，打广告、开招聘会、员工推荐、找猎头等使出了浑身解数，为了能招到优秀的人才，甚至不惜承诺高工资。就这样，人员的问题总算在短期内解决了，公司的业务又有了新的起色，销售收入再创历史新高。

可是渐渐地，随着大家对蓝海领域的认识和了解，其他企业也开始慢慢进入了这个领域，蓝海渐渐变成了红海。在市场竞争激烈的情况下，公司的发展放慢了，经过一段时间之后，公司又出现了新的问题，老板发现员工工作热情没有以前高了，上班时工作不在状态。一天他谁也没有通知，一个人私下到基层转了转，这一转可不要紧，让他大吃一惊，原来上班时间大家干什么的都有：上网聊天的、玩游戏的、拉家常的、打电话咨询私事的、写博客的，等等，加班加点的状况没有了，一到下班时间，大家拿着早已收拾好的东西抢着回家。这下老板大发雷霆，把人力资源总监叫来狠狠地骂了一顿，责令他尽快想办法改变这种状况，决不允许这种情况再度发生。

人力资源总监也是一肚子委屈，公司发展到现在，经历了创业——快速发展——发展缓慢几个阶段，他都一直陪伴着走了过来，当初企业急需人的时候，他是绞尽脑汁地想办法，通过各种手段，高薪承诺、给发展空间等，好不容易把人聚集了起来，当时确实给企业带来了新的生机。可现在竞争激烈了，企业发展速度明显放缓，市场大不如前，对于公司目前的这种管理现状，他也不希望看到，当初不是好好的吗，怎么就变成这样了呢？该怎么办？他陷入了沉思……

分析上述案例，该企业在经过高速发展之后，面对激烈的竞争，发展速度大不如前，这时，企业在当初缺人时所采取的应急性措施也开始慢慢暴露出它的后遗症来，具体表现在以下几个方面。

（1）人员急剧增加

企业发展快速，市场前景看好，这是企业难得的机遇，在市场竞争如此激烈的今天，这种成长的机会绝不容错过，但与企业快速成长同时存在的就是人员不足问题，没有人，再大的市场也只能望而兴叹。于是，为了满足企业快速发展的需要，公司开始大量招人。这在当时是解决了人员短缺问题，抓住了市场机遇，使企业逐步壮大；然而，当初招聘时并没有明确岗位的职责，也没有根据业务的增长和公司的战略进行严格的定岗定编，人力资源规划就更不用提了，因此随着企业发展速度的放慢，当初的人员剧增开始突显其弊端，造成部门冗员、沟通协调会议增多、管理效率低下、管理成本提高的状况。

（2）人浮于事

当初企业快速发展，大家每天都忙得团团转，还经常加班加点；可是现在发展慢了，员工工作状态却大不相同，部门人多了，但干活的人却少了，上班的时候不全力工作，偷奸耍滑熬时间，下班倒是个个生龙活虎。像这样由于岗位职责界定不清或根本就没有界定，该干什么，不该干什么，该干到什么程度，员工都不清楚，大家凭感觉做事，而且工作量不均衡，有的工作超负荷，累死人；有的工作量不饱和，闲死人。公司员工干多干少一个样，干好干坏一个样，推委扯皮的事情屡有发生，造成部门间矛盾也逐步激化，因此，管理效率低下，管理难度加大也就不奇怪了。

（3）过度激励

企业在发生人员危机时有两种方式可供选择：一是保证现有人员不离职，且最好是身兼数职，一人当多人用；二是大量招人。不论哪种方式，都需要足够的激励来实现。老员工需要通过增加工资，提高薪酬待遇来激励他完成额外的工作量。而对于第二种方式，由于企业处于大量用人时期，当然会采取一切手段来招募人才，这时，对员工的薪酬福利承诺也就必不可少了，在高薪水、高福利的吸引下，大量人员被录用了，使企业度过了快速发展阶段。然而，当时招聘岗位值不值这么多钱，员工干得好不好，符不符合岗位要求，应不应该拿这么多钱，却没有被关注。所以，在企业停止高速发展之后，当初的有效激励却带来了新的问题，同一岗位的老员工工资比新员工高许多，而贡献却不如新员工；业绩不好的员工工资照样不少拿……这些都导致了企业的过度激励，使好钢没有用到刀刃上。

（4）企业凝聚力不强

企业快速发展时期，由于目标明确，业务量大，人员精干，大家都忙于工作，而且也会为了公司的发展出谋划策，积极主动地配合，以保证工作的顺利完成，工作氛围融洽、和谐，企业凝聚力强。而现在，这种氛围已经不见了，随着企业规模的变大，部门多了，人员倍增，协调的事情每天都发生，部门本位主义严重，员工中小团体也越来越多，这些都造成了公司的管理效率低下，管理难度加大。究其原因，主要是公司随着规模的扩大，忽视了企业文化建设，公司内部没有明确的行为规范，大家不知道什么是企业倡导的，什么是企业反对的，只有按照自己或部门或小团体的标准来办事，潜规则五花八门，大家各行其是；而且企业对员工的培养也做得不够，员工在企业中看不到自己将来的发展方向，不知自己在企业中该何去何从，失去了工作的动力。

2. 解决方案

那么，面对公司的现状，人力资源总监该如何做呢？该采取什么样的措施来解决目前的问题呢？又该如何避免类似的事情再度发生呢？建立科学、规范、有效的绩效管理体系才是解决之道，而这就需要满足"一二三四"原则，即一个前提：营造绩效导向的企业文化；两个基础：明晰的部门职责和岗位职责；三个结合：绩效结果与薪酬、调岗、培训三者相结合；四个环节：

计划、实施、考核、改进。下面将分别阐述"一二三四"原则。

（1）一个前提：营造绩效导向的企业文化

一个公司倡导什么，希望大家朝什么方向努力，可以通过它的企业文化来体现。如果企业提倡以绩效论英雄，希望员工都能以良好的绩效来实现部门的目标，最终实现企业的目标，使大家劲往一处使，同时营造员工能上能下、能进能出的氛围，这样的文化不仅使员工能够清楚地知道自己该做什么，做到什么程度，而且还会使企业在绩效管理的过程中最终实现战略目标。

（2）两个基础：明晰的部门职责和岗位职责

在绩效管理的过程中，要想使员工清楚地知道做到什么程度，就必须使员工先清楚该做什么，即明确岗位职责；而员工清楚该做什么之前，则应该先弄清楚部门该做什么，即明确部门职责——部门职责和岗位职责也是公司实现战略目标的保证。这就需要根据公司战略规划及业务流程，梳理部门职责，以界定部门之间的责任和权限，部门职责清晰了，不仅为绩效管理提供了基础，而且也缓解了部门之间的矛盾，减少推委扯皮的事情发生。在此基础上，再根据工作负荷程度等进行岗位职责梳理，以使每个员工都能清楚地知道本岗位的要求，即应该做什么、怎么做、做到什么程度等，用岗位职责指导员工的工作，可以避免每天无所事事的现象发生。

如果有必要，在梳理部门职责前，可以根据公司的战略规划及业务状况，进行组织优化，以使部门设置更趋合理，业务流程更加顺畅，提高管理效率，降低管理成本。

（3）三个结合：绩效结果与薪酬、调岗、培训三者相结合

绩效考核结果出来后，首先应该与薪酬待遇相挂钩，薪酬待遇主要有绩效奖金和工资等级两种方式。绩效奖金在金额和发放方式上要有所不同，在绩效奖金金额方面应该体现多劳多得、少劳少得、不劳不得的原则，只有这样，才能使员工干多干少不一样，才能公平、公正地实施绩效管理；在员工绩效奖金的发放上，尽量采取即时兑现，而对于中高层管理人员，则可以通过股权、期权等激励模式的设计，采取即时兑现与延期支付相结合的方式，这样就可以在一定程度上避免过度激励情况的发生。在工资等级上则应该根据员工的绩效考核结果进行定期的薪酬调整，使员工清楚工资不是一成不变的，当初与公司确定的工资将会随着本人的绩效情况而变化，这样也可避免过度激励情况的再现。

其次，绩效考核结果应该与岗位调整相结合。根据员工的绩效结果进行岗位调整，使大家干好干坏不一样，干得好的，被晋升提拔的机会就多，而干得差的，也别再想混日子，据实际情况进行降职、调岗、试岗或学岗，甚至解除劳动合同。公司有了制度要求，员工上班就不会再无约束地做着与工作无关的事情了。

最后，绩效考核结果还应该与培训相结合。通过对绩效结果的分析，能够发现员工工作中的不足，以此为改进目标，缺哪儿补哪儿，这样培训需求就产生了。而在此基础上制订出的培训计划，则会更加有针对性，公司提供了有助于员工能力提升的培训，这是对员工个人的帮助，对于员工的职业发展来说是好事，员工自然会努力学习；员工能力提升了，公司的业绩也将得以提升，这样不仅实现了公司和员工共同发展的双赢目标，同时也使员工对公司更有信心，增加了公司的凝聚力。

（4）四个环节：计划、实施、考核、改进

绩效管理的有效实施是由计划、实施、考核和改进四个关键环节组成的，只有制订了科学、合理、有效的绩效计划（绩效指标），使员工在考核期初就清楚地知道自己该做什么，做到什么程度，然后配合整个考核实施过程中上级的绩效辅导，进而在考核期末进行结果衡量，最后再对结果进行分析和改进，形成新一轮的绩效计划，才能真正有效地实施企业的绩效管理，保证企业战略目标的顺利实现。

当然，除此以外，人力资源规划、薪酬体系设计、职业生涯通道设计等手段也会对该企业的人员急剧增加、人浮于事、过度激励、企业凝聚力不强等现象产生积极的作用，由于篇幅原因，在此就不一一赘述。不论采取何种解决办法，都要以企业的发展战略为核心，只有围绕公司的发展战略制定出来的策略，才是解决企业发展中遇到的问题最有效的途径，同时也是人力资源成为公司战略伙伴的唯一途径。

浅议房地产超额利润提成
影响因素模型

李 彤

1. 案例背景

SHSS 是上海市政府在香港的窗口企业，是 SHSY 的全资子公司。近年来，伴随着集团的快速发展，SHSS 的地产板块也有了长足的发展，成为上海市最具影响力的房地产集团公司之一。然而，同其他快速发展的企业一样，在 SHSS 地产板块的发展中，也存在着一个影响集团快速发展的明显问题——薪酬激励机制不合理，导致大量的人才流失。这一问题如果不能及时得到解决，就会极大地限制地产板块，乃至整个 SHSS 集团的发展。从 2005 年底开始，为了提升企业品牌、增强企业实力，SHSS 将旗下的数家子公司进行整合重组，同时对原有的薪酬体系进行重新调整和界定，并对薪酬结构进行统一规划，对集团的整体发展产生了明显的提升效果，目前，这一改革还在继续和深入探索中。

2. 案例分析

近年来，随着房地产业的快速发展，原先在企业中不明显的问题日渐凸显，其突出的表现是：企业规模增长过快，而与此同时，相关管理模块和激励制度建设不到位，进而引起了员工尤其是高层次人才的不满和大量流失，使企业发展遭遇极大的祸患和瓶颈。

为了充分发挥企业对人才的激励作用，达到"留人"和"用人"的目的，在原有的激励方式上开发新的激励方式以及加大激励力度，就变得极为紧迫和重要。企业中的长期激励有很多种方式，其中，以"超额利润提成"

为核心的薪酬激励方式是近年来日益受到企业重视和青睐的激励方式之一，本次 SHSS 地产板块的中长期激励机制改革，就采用了这样一种激励方式，其基本的思想就是：由集团在排除市场因素影响的前提下，从现有的房地产开发项目取得的超过正常利润的部分中，依据一定的规则划分出一部分利润，对相关项目公司进行奖励，以激励其为公司创造更大的利润。而依据怎样的规则进行超额利润提成，就成为该公司需要解决的首要问题。

由图 3-3 可知，超额利润提成最终是要通过项目公司落实到个人，所以超额利润提成不仅要与个人在公司中的绩效表现和个人系数占比相关，也要与各个项目的自身特点相关。不同的项目公司，除市场因素的影响之外，由于所承接的项目规模不同、管理难度有别，乃至受到周边投资环境的影响，其自身的盈利能力也会有所不同。有的公司由于项目本身的各种优越条件，不需要自身付出多大的努力，也可以获得很高的利润；而有的项目公司即使付出了再多的努力，其项目的盈利水平也很难提高，在这种情况下，准确地判断各个房地产项目的超额利润提成额度的影响因素，便成为企业激励机制顺利开展所要关注的焦点。

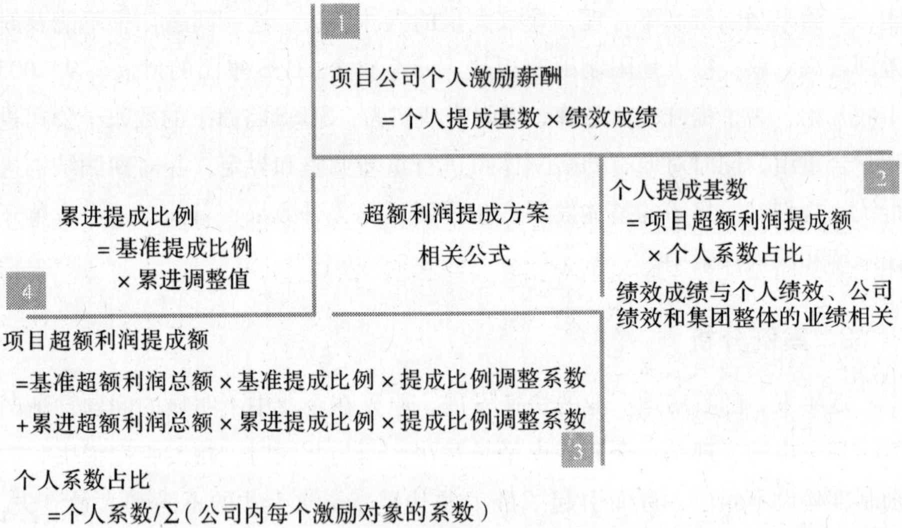

1

项目公司个人激励薪酬
=个人提成基数×绩效成绩

累进提成比例
=基准提成比例
×累进调整值

4

超额利润提成方案

相关公式

个人提成基数
=项目超额利润提成额
×个人系数占比

2

绩效成绩与个人绩效、公司绩效和集团整体的业绩相关

项目超额利润提成额
=基准超额利润总额×基准提成比例×提成比例调整系数
+累进超额利润总额×累进提成比例×提成比例调整系数

3

个人系数占比
=个人系数/∑（公司内每个激励对象的系数）

图 3-3　超额利润提成方案

3. 房地产开发项目公司薪酬激励影响因素模型

首先，我们在选择确定房地产项目的超额利润提成额度的影响因素时，需要考虑以下四个方面。

（1）SHSS 的激励原则

企业一般在制定中长期激励制度的过程中，会在遵循原有的企业文化和管理氛围的基础上，有针对性地进行改革、完善，以保持企业发展的延续性。在 SHSS 中，遵循的是"多劳多得、优劳优得"的原则，既要兼顾公平，又要效率优先，而且中长期激励的重点也在于突显效率优先的原则。

（2）项目实现的超额利润

这是使超额利润提成变为可能的现实前提之一，没有产生额外的现金流，就失去了分配的源泉，超额利润提成就成为无源之水、无本之木。

（3）基准的超额利润提成比例

不同业态、规模的房地产开发项目，其各自的获利能力和水平是存在很大差异的，需要规定不同的超额利润提成比例，以便于衡量和对比。

（4）责权利的分配与对等

超额利润提成额的分配方法，将根据 SHSS 目前的管控模式而制定，要充分体现责任越大、收益越高的原则。

其次，要确定房地产项目的超额利润提成比例调整因素的评价维度。

为体现"多劳多得"和"优劳优得"的薪酬激励原则，在确定超额利润提成比例时，就需要突出经营者的个人努力和贡献，重点考虑"复杂性、规模限制、重要性"三个维度对超额利润提成比例的影响。这三个维度又可以分解为投资环境的复杂度、项目管理难度、项目规模以及项目的重要性四个关键点。如图 3-4 所示。

（1）投资环境的复杂度

主要体现在项目所在区域的地方政府、相关机构对项目的支持程度上，以及 SHSS 对当地投资、经营环境的熟悉程度上。

（2）项目管理难度

由于某项目本身的特性（如项目所包括的合作方的特殊性、业态的多样性、工程管理的复杂性、规划设计的独特性等）所导致的，在人员管理、投资管理、现场管理、规划设计、营销管理、成本管理等方面表现出的明显的、

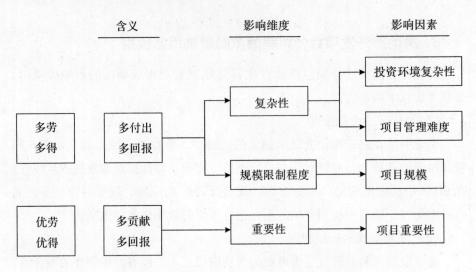

图 3-4　房地产开发项目提成比例调整因素模型

公认的不同于一般项目的难度。

（3）项目规模

由于不同项目在市场平均利润率、建筑体量、投资额等方面存在差异，其创利能力和实现超额利润的能力明显不同，其超额利润提成比例也应不同。由于上述因素都需要在制定目标利润时充分考虑，因此，用"目标利润"来体现不同项目规模对创利能力的限制。

（4）项目的重要性

若某项目对集团的战略实施和品牌建设具有显著的、标志性的、公认的突出作用，则应给予该项目更高的提成比例。

4. 超额利润提成比例调整因素的评价方法及对应的分值

由薪酬管理委员会对不同项目各影响因素的影响程度评分，再结合各因素权重，可以计算出每个项目的提成比例调整系数，具体的评分依据如表3-13所示。

表 3-13　超额利润提成比例调整因素评价表

影响因素	状态描述	建议调整系数
重要性	对 SHSS 的战略实施和品牌建设没有显著的推动作用	1.0
	对 SHSS 的战略实施和品牌建设具有显著的推动作用	1.5
项目规模	项目年度目标利润≥10 000 万元	1.0
	10 000 万元＞项目年度目标利润≥5 000 万元	1.2
	5000 万元＞项目年度目标利润≥1 000 万元	1.4
	1000 万元＞项目年度目标利润≥500 万元	1.6
	500 万元＞项目年度目标利润≥100 万元	1.8
	项目年度目标利润＜100 万元	2.0
项目管理难度	单一业态，运用成熟和常规管理方法即可	1.0
	单一业态需要管理创新，或者多业态且不需要管理创新	1.3
	多业态且必须进行管理创新	1.5
投资环境复杂度	当地政府和机构有较大支持，对当地环境熟悉	1.0
	当地政府与机构支持力度不够或者对当地环境不够熟悉	1.3
	投资环境不利且经营环境不熟，项目运作存在较多客观障碍	1.5

影响超额利润提成比例的四个关键点对提成比例值的影响程度不一样，因此各自的权重也不一样，结合对多数房地产开发项目公司的访谈意见以及对四种因素的综合分析，权重最终确定分别为：20%、40%、20%、20%。由此可知，房地产项目的超额利润提成额度调整系数的计算总公式为：

超额利润提成比例调整系数 = 重要性得分 × 20% + 项目规模得分 × 40% + 项目管理难度得分 × 20% + 投资环境复杂度 × 20%

5. 超额利润提成方案实施成效

SHSS 的地产板块通过中长期激励机制改革，在实施以"超额利润提成"

为核心的薪酬激励方式后，对集团人员特别是公司领导和骨干员工起到了极大的激励和推动作用，SHSS 旗下的诸多项目公司都在争取和开发房地产项目方面，以更加积极、主动的态度去迎接每一次挑战，相信在不远的未来，SHSS 一定会有更高、更快的发展。

本文主要就该激励方案中对项目公司超额利润提成比例影响因素模型的建立思路和过程进行了简要的探索和研究，希望能对业内同仁有所启迪。

限制性股票激励计划
实施期间的设定

王霞晖

《上市公司股权激励管理办法》给出的限制性股票的宽泛定义是，激励对象按照股权激励计划规定的条件，从上市公司处获得的一定数量的本公司股票。同时规定，上市公司授予激励对象限制性股票，应当在股权激励计划中规定激励对象获授股票的业绩条件和禁售期限。

限制性股票激励计划有很多要考虑的重点，如授予和解锁的具体条件、激励量的确定和分配、激励对象的确定、业绩指标的设定，这些重点考虑的结果都要体现在激励计划草案中。其实，这些重点的确定都是公司和激励对象利益权衡的结果，是很细化的。我想谈的是，从更大层面上如何设定限制性股票激励计划的实施期间。

限制性股票激励计划实施期间的设定需要考虑该公司的中长期战略目标、战略目标实现年限、考核激励对象的具体年份。因此，做这样的激励计划是有一个前提的，即公司已经对公司的战略目标和经营目标的实现有一个清晰的认识。负责实施激励计划的人需要做的是与公司董事会高层做好充分沟通，达成相对一致的意见。通常，限制性股票激励计划的实施期为3~5年，一般分三批实施。

让我们看一下几个四年期限制性股票激励计划的方案，来分别进行分析（见图3-5）。

这期方案中，标的股票被一次性授予激励对象，此时，通常给激励对象设定的业绩条件很宽松，属于"放水"性授予，激励对象一般都能达到获授条件，因为如果激励对象万一达不到业绩条件，则整个这期的激励计划就作废了，这与公司想要激励公司核心人员的初衷是违背的。业绩考核主要设在

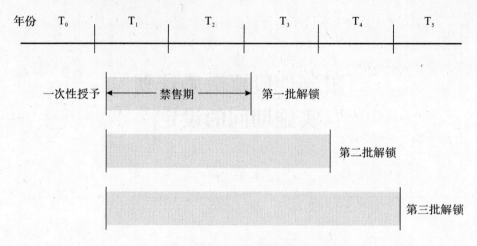

图3-5　四年期激励计划实施期间设计方案一

每批解锁时，考核业绩的具体年限为：T_2年、T_3年、T_4年或 T_1 年和 T_2 年的均值、T_3年、T_4年。

　　激励对象一次性获授标的股票后，每批解锁设定的禁售期分别为两年、三年、四年。这种设定的禁售期显得稍长了点，所以，激励的量一般要比较能吸引激励对象；或者，禁售期设短一点，可分别设定禁售期为一年、两年、三年，则此时变为三年期的激励计划。其实考核业绩的年限为几年或为哪几个年份，要依据公司今后几年的中长期战略目标来设定。

　　再来看第二种的四年期激励计划，如图 3-6 所示。

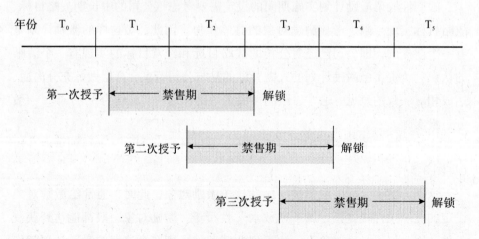

图3-6　四年期激励计划实施期间设计方案二

这期方案中是分三次授予标的股票，此时，每次授予都要设定业绩考核条件，若激励对象达不到业绩考核条件，则不能获授标的股票。每批股票授予的禁售期都设为两年，解锁时不设解锁条件。此时，要考核的具体年份为：T_0年、T_1年、T_2年，往往这几个年份就是公司要实现战略目标的关键年份。

若公司战略目标更为长久，考核的年份不止这三年，则有第三种四年期激励计划（见图3-7）。

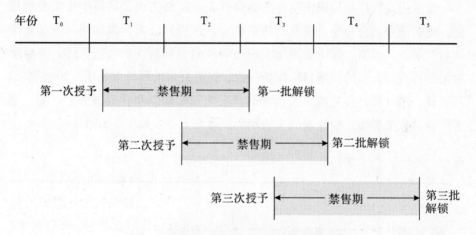

图3-7 四年期激励计划实施期间设计方案三

这期实施方案中，在每次授予和解锁时都设业绩条件，业绩条件一般是相同的，考核的具体年份为T_0年、T_1年、T_2年、T_3年、T_4年。其中，T_2年考核既是第三次授予的条件，也是第一批解锁的条件之一。第三批解锁，也即最后一批解锁在T_5年初年度报表出来后会比较好操作。

事实上，以上仅是四年期限制性股票激励计划的三种基本情况，各企业的实际情况总是不一样的，因此实施期限或阶段各有其特色。我们来看看用友软件股份有限公司（股票代码：600588）设定激励计划实施期间的案例。

用友软件是中国最大的管理软件、ERP软件和财务软件供应商。2005年，用友软件积极推动中国企业的ERP普及和政府、社团组织的管理信息化，主营业务ERP（企业管理软件）继续取得增长；同时，上市后投资培植的多项软件业务也进入收获期，公司采取的多项经营措施为用友软件带来了显著的经营业绩。2005年，主营业务收入增长39%，净利润增长40%。2006年，公司继续大力推进中国ERP普及事业，同时推动中国软件企业的规模化、国际化发展，实现主营业务收入 11.1 亿元和净利润 1.7 亿元，同比分别增长了 11.2% 和 75.4%。

用友软件的中长期发展目标是成为世界级的管理软件和移动商务服务提供商，2010 年进入全球管理软件业第一梯队，成为世界级的、长寿的软件公司。为此，公司制订了 2007～2009 年的三年发展规划：战略性地发展管理软件业务和战略性地培植移动商务业务。

由于用友软件是知识密集型的高科技企业，要实现公司的中长期发展目标，则必须完善公司中长期激励约束机制，在提升公司价值的同时为员工带来增值利益，吸引、保留和激励实现公司战略目标所需的核心人才，将激励对象的行为与公司的战略目标保持一致，促进公司的可持续发展。2006 年 12 月 1 日，用友软件经过股东大会批准，实施四年期限制性股票激励计划。笔者推算其方案类似上面提及的实施期间设计方案三，如图 3-8 所示：

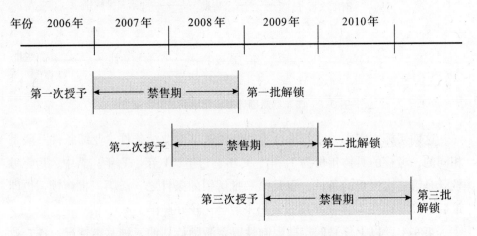

图 3-8　用友软件限制性股票激励计划实施期间设计方案

用友软件限制性股票激励计划，都设了授予和解锁条件，只不过解锁条件更为宽松，只有一般性的不违规、违纪条例和解锁期与授予日要满半年的规定，而没有附加业绩条件。因此，实际上只考核激励对象在 2006 年、2007 年、2008 年的公司和个人业绩，而这是与其中长期战略目标相一致的：战略性地发展管理软件业务和战略性地培植移动商务业务，2010 年进入全球管理软件业第一梯队。

从 2006 年新的《上市公司股权激励管理办法》实施以来，中国上市公司实施股权激励进入到一个新的阶段。由于我国股票市场还处于不成熟阶段，实施限制性股票激励计划的各公司背景和条件不一，因此激励实施期间设计方案也总有不同的难点。例如，如果公司的几个高管的权利处于均衡状态，且由于公司处于转型期对于公司未来战略的看法不同，就会给限制性股票激励方案带来很大困扰。因此，在股权激励的实践中，要本着客观、中立的态度，充分沟通，灵活地运用股权激励的基本原则来制定具有公司特色和针对性的激励实施期间方案。

项目管理模式下动态薪酬
管理体系设计

郑　强

　　随着矩阵式组织结构的广泛应用，基于职能制组织结构、以岗位评价为基础的薪酬管理体系是否适用以及如何调整以匹配项目管理模式下员工的动态薪酬，成为企业以及咨询机构迫切需要解决的问题。

1. 案例：项目经理的烦恼

　　"不公平！"某工程建设公司的项目经理李先生忿忿地说，"目前我的基本工资和别的项目经理一样多，可我们这个项目难度这么大、周期这么长，而且业主要求很高，业绩风险这么大，奖金收入也很难保障。还不如做个小项目，又容易完成，收入也高。我的下属也都有这样的抱怨，让我怎么去管理、激励他们？从另一个角度说吧，公司有任务，我也不好挑肥拣瘦的，但这样的薪酬制度确实让人感觉不公平。"

　　李经理就职的工程建设公司有着悠久的发展历史和骄人的业绩，修建了许多知名的工程项目，在业内有着良好的口碑和声誉。随着公司战略的重新定位和定位的日渐明晰，企业步入良性发展的轨道，进入二次创业成功后的高速发展期。

　　为更好地应对市场竞争，提高资源配置能力，公司人力资源总监 KING 先生根据公司业务特征，采取了项目矩阵式组织架构。同时，为了充分调动各个项目部员工的积极性、保留骨干员工，使薪酬具有激励性，KING 先生对公司的工资体系做了较大改革。首先，通过岗位评估确立公司岗位的价值，根据外部市场数据设立合理的有竞争性的薪酬水平和结构；其次，完善绩效管理体系，所有员工的绩效工资发放与个人的当期业绩考核结果挂钩。项目经理部还得到充分授权，在对项目经理部总体考核的基础上，自主进行项目部二次考核分配。

新的薪酬制度实施初期，极大地提高了各项目部的积极性，使业绩得到了有效提升。但一段时间后，尽管公司业绩得到了较大提高，基本实现了效益与收入挂钩的目的，但是在项目部间却因为薪酬分配问题出现了不和谐的声音，就像李经理这样的抱怨和困惑不断传到 KING 先生的耳朵里。KING 先生不禁自问："我们的薪酬体系到底出什么问题了？"

2. 案例分析

随着经济全球化的发展，企业外部经营环境已经从以往的相对稳定型向快速变化型转化，要想在激烈的市场竞争中胜出，对市场变化、客户要求敏捷而高效的反应成为最重要的成功因素之一。

我国大多数的企业，特别是老国有企业大多数采用职能制组织结构，而职能制组织结构由于信息的传递链条较长导致决策的速度较慢，不能很好地适应这种变化。因此，以项目小组、工作小组为代表的矩阵式组织结构为许多组织所采用，它通过成立虚拟或临时的项目组来为客户提供专门的定制服务。这种方式尤其在工程建设行业、IT 行业、咨询机构以及研究院所被广泛采用。

随着矩阵式组织结构的广泛应用，基于职能制组织结构、以岗位评价为基础的薪酬管理体系是否适用及其如何调整来匹配项目管理模式下员工的动态薪酬，成为企业以及咨询机构迫切需要解决的问题。

通常情况下，员工薪酬是与员工所任职位紧密相关的，依据职位的重要性与责任大小，通过职位评价来确定职位在组织中相对价值的大小，然后通过企业自身薪酬支付水平来确定员工具体的薪酬。

基于岗位的付酬模式适用于那些经营环境相对稳定、组织架构明晰、部门/岗位设置较细的企业，岗位评估作为这种付酬模式的基础和前提，也是针对那些相对固定的岗位的。对于职能制结构下的岗位的价值评价，直接应用岗位评估工具即可得到薪酬设计的科学、准确依据。

而矩阵式组织结构一个很显著的特点就是项目团队是临时的，一旦完成项目目标，该项目团队就将解散、被重新分派，组成新的不同的项目团队。因此，在矩阵式组织结构下，某一岗位仅在一定时限内是存在的，员工也仅在一定时限内从事某一岗位的工作，一旦项目结束，这个岗位就会被取消，岗位上的从业员工就会面临着又一次的上岗。新的工作岗位从名称上来看或许还是原岗位，或许是一个全新的岗位，即便是名称相同的岗位，由于新的项目不同于原来做过的项目，这样的岗位也仅仅是名称相同而实质不同。比如工程建设行业的项目经理部，由于项目经理部所承担的项目标的大小、工期松紧导致的完成难度、技术难度、与业主和地方政府的关系好坏以及项目管理模式的不同，导致不同的项目经理部给企业带来的价值回报是不同的，从跨项目部横向对比的视角来看，其所包含岗位的价值也是不同的。

从理想的角度看，我们只需要每次组建新的项目组时，对所有的岗位重新编写其职务说明书、重新进行一次严格的岗位评估、基于评估的结果重新设计其薪酬水平，即可满足管理的要求。但这样理想化的解决方案在实践中是不可操作的，不仅管理的成本过高，而且相同名称岗位的等级不同也会造成员工理解上的混乱。特别是对于那些名称相同的岗位，其职务说明书的描述基本一样，但由于项目本身的差异导致的岗位价值差异却很大，这种情况下，仅仅依据职务说明书的描述很难准确界定岗位在某一评估要素下的不同等级得分，最终的评估结果无法完全真实体现岗位的价值，像李经理这样的抱怨就会不可避免地产生了。

3. 解决之道：如何实现项目管理模式下员工薪酬的动态调整和管理

根据多年为企业咨询所积累的经验，我们意识到在矩阵组织结构下，由于员工实际的职位是随着项目的变化而不断变化的，因此，解决问题的关键就在于对员工职位与薪酬的动态管理。但每次对新成立项目部岗位做评估在实践中是不可操作的，必须采取一种简便、易操作又能在一定程度上区分出不同项目部岗位价值差异的方法，才能从根本上解决这个难题。

"岗位价值调节系数法"是我们为矩阵式组织架构量身打造的薪酬动态管理解决方案。

首先，归纳提炼出不同项目部的共性职责要求，生成标准版的职位说明书。这份说明书可能无法完全适用于任何一个项目部的具体岗位，但它却是所有项目部同一名称的岗位的共性描述，代表了一个所谓的"标准岗位"。

第二，对"标准岗位"进行岗位价值评估，得到其职位等级以及基于此等级的薪酬水平。

第三，也是最关键的一步，设计"项目评价体系"得到项目调节系数，对项目部的所有岗位价值作出总体调节，以体现项目部的差异性。

比如，我们在一家工程建设公司，经过和公司总经理、生产副总、总工程师、工程部长、项目经理等人员的研讨，确定了工程项目评价要素，以揭示各个项目之间的差异，并最终体现在薪酬水平的设计上，如表3-14所示。

表3-14

要素	定义	权重
标的	代表项目给公司创造的价值大小	25%
工期	由于项目工期长短的不同形成的项目完成难度	20%
技术难度	由于项目所属专业和技术要求的不同形成的项目完成难度	20%
外部协调难度	由于项目所处行业以及外部（地方政府、机构、当地居民、业主等）协调难度的不同形成的项目完成难度	10%
……	……	……
项目管理模式	由于项目管理模式的不同形成的内部管理难度，主要分为两种类型——班组承包型与劳务分包型（项目托管型的人员薪酬采用协议工资制）	——
地区差异	由于施工项目所在地区的差异导致的消费支出的差异	

对于以上各要素，我们分别设计细化的单项分级标准以做出更加准确的评价，如技术难度，我们根据项目所属专业以及技术上的创新性、难易度来确定（见表3-15和表3-16）。

技术难度系数 = 专业差异系数 × 技术创新

表3-15

所属专业				
其他	路基	隧道等地下工程	一般桥涵	连续钢构桥
1.00	1.00	0.90	1.05	1.08

表 3-16

技术创新性、难度						
常规项目，技术难度小	常规项目，技术难度大	公司新涉足行业、专业，技术难度较小	公司新涉足行业、专业，技术难度较大	局内领先	行业领先	国内领先
1.0	1.0 ~ 1.15	1.05 ~ 1.2	1.1 ~ 1.25	1.15 ~ 1.35	1.2 ~ 1.4	1.3 ~ 1.5

项目等级系数 ＝（标的/定额标准×权重$_1$＋工期×权重$_2$＋技术难度系数×权重$_3$＋外部协调难度系数×权重$_4$……）×项目管理模式差异系数

第四，不同项目部内同一类别的岗位，由于项目本身或者业主要求的侧重不同，其重要性也会有所不同，为体现差异，从简便操作的角度，可由公司和项目部领导班子共同确认岗位调节系数（如 1.0 ~ 1.3），对项目特定岗位的价值进行调节。如国外或合资的工程项目特别看重质量和安全，工作量和难度也比国内一般工程项目大，此时我们就可以对安质部长岗位用调节系数来予以体现。

第五，将得到的各个调节系数乘以相应的"标准岗位"的薪酬水平，就得到可实际应用的个性化的动态薪酬体系。

这种方法经过实践的验证，不仅适用于工程建设、房地产、咨询、IT 等行业的项目管理模式，也适用于按地域划分管理的组织，如销售公司、证券公司等在各地区设立的分支机构的薪酬体系设计。

可见，薪酬管理作为人力资源管理的一个核心工作，其制度或者策略必须与企业的战略、组织结构、运营流程等相结合，只有这样，才能更好地体现薪酬的内部公平性、激励性；否则，它将给企业人力资源管理带来巨大的不利影响。

销售人员薪酬设计浅析

梁　燕

一线销售人员的薪酬基本上采用结构工资制，即底薪加提成，到年底根据公司效益情况发放效益奖金。

1. 底薪

一些行业或公司采用无底薪提成，而大部分公司采取有底薪提成，底薪为销售人员提供了基本的生活保障，而一些兼职销售人员大部分是无底薪提成。

底薪一般有三种形式：一种是无任务底薪，这种底薪与业绩完成情况无关，可以理解成固定工资；还有一种是带任务底薪，这种形式的底薪和业绩完成情况直接相关，根据业绩完成率按比例或即定的标准发放；还有一种是混合底薪，就是底薪中有一定比例是无任务底薪，固定发放，其余部分与任务完成情况挂钩。如表 3-17 所示。

表 3-17　底薪的三种形式

底薪的三种形式	底薪的发放
无任务底薪	底薪每月固定发放，与销售目标完成情况无关
任务底薪	底薪与销售目标完成直接相关，根据目标完成率核算实际发放底薪
混合底薪	底薪中一部分固定发放，另一部分根据目标完成率核算发放

2. 底薪和提成的组合形式

底薪和提成在工资总额中的比例设计可根据公司所在行业，以及公司在市场中的地位、品牌影响力以及产品特性等因素确定。表 3-18 内容是高底薪、低提成和高提成、低底薪两种组合的比较。

表 3-18　薪酬组合对比

薪酬组合	企业发展阶段	企业规模	品牌知名度	管理体制	客户群	优势
高底薪、低提成	成熟期	大	高	成熟	相对稳定	有利于企业维护和巩固现有的市场渠道和客户关系，保持企业内部稳定，有利于企业的平稳发展
高提成、低底薪	快速成长期	小	低	薄弱	变动大	更能刺激销售员工的工作积极性，有利于企业快速占领市场，或在企业开拓新业务和新市场时占领市场先机

3. 提成

关于提成的设计一般从两个方面考虑：首先是提成基础的确定，也就是提成根据什么核算，是以合同额核算，还是以回款额核算；另一个考虑是提成比例的确定。

（1）提成的基础

对于公司而言，根据回款提成是一种最为保险的方式，因为在复杂的市场环境中，客户的信用不确定，按合同额提成对公司可能仅仅意味着一场数字游戏，在没有实际的现金流入之前就兑现销售人员的提成至少存在以下风险。销售人员单纯为了追求业绩的增长，而不考虑客户信用状况，一味地追求合同额，而不去考虑回款，公司的呆账、坏账比例会逐渐增多，没有人对此负责，公司的资金状况会日益恶化，最终导致公司无法正常运营、举步维艰。这当然是一种极端的状态，但也不是没有先例的。笔者曾了解到一家国有企业就曾经有过类似的经历，其在计划经济时代，产品供不应求，销售人员简直是客户的上帝，货款回收自不必说，很多时候客户为了能及时得到产品，甚至是先付款再提货。随着市场经济的繁荣，业内竞争加剧，而该公司依然采取以合同额为提成的基础，后果可想而知，账面上趴着两亿多元的呆坏账，当公司意识到这个问题，再去追索时，很多都是无头账了。

完全根据回款提成，也不是在任何公司或任何阶段都适用的。比如说公司开展一项创新业务时，可能在初期以合同额提成会更加能配合公司战略的实施，而在业务趋于成熟时，就应该考虑以回款额考核了，所以在不同的阶段为了战略目标的实现可以灵活地调整提成的基础。

提成的基础也可根据销售人员的成熟度不同而有所不同。比如对于销售新人的激励，由于其经验和阅历有限，而相对于其他工作而言，销售更具挑战性，所以对于刚入行的新手而言，以合同额计提成可能更能提高其对销售工作的信心和兴趣。而对于有经验的销售人员，他们已经具备一个合格销售人员的素质，也就是职业成熟度比较高，用回款额计提成对公司比较有利，对个人的激励效果也不会有影响。

提成基础对比如表 3-19 所示。

表 3-19 提成基础对比

提成的基础	公司发展阶段	公司战略导向	客户信用	销售人员	公司经营风险
按合同额和回款额提成	成熟期再造期	保障当前现金流，创造未来现金流	信用一般		中等
按合同额提成	成长期	快速占领市场	信用度高	销售新人	较大
按回款额提成	成熟期	降低财务风险，持续现金流	信用风险大	成熟销售人员	较小

（2）提成比例的确定

提成比例的确定也是一个重点和难点，比例设高了，对于个人激励性增大了，但企业的利润就相对降低了；提成比例设低了，对个人没有太大的激励性，不能促进其多开发客户，从而企业的利润也就无从谈起了。一般而言，大的前提是根据公司的运营成本测算，保证公司最低净利润收入后确定可分配的利润，另一方面是考虑同行业通行的提成比例。公司产品品牌优势较高时，比例可以适当地低一些，因为个人努力在销售中占的主导因素会较一般品牌公司低一些，而且公司产品上份额会较大一些，提成比例上的差距会因销量而弥补销售人员收入上的差距。如果是初创的企业可考虑在公司能承受的范围之内，适当地提高提成比例，因为产品在市场上没有品牌影响力，销售工作更多的是依靠销售人员个人的能力去实现，而且市场份额不大，总销量不高，提成比例不高会导致业务人员收入过低，从而导致销售人员流失率增大，影响公司的生存和发展。

另外一个难点是目标值的确定，如何使目标值设定得科学合理，也就是使劲跳一下能够得着。太高了使人没有跳的欲望，目标值也就没有了任何激励意义；目标值太低了，对公司而言是剩余利润的无谓损失。

提成比例对比如表 3-20 所示。

表 3-20　提成比例对比表

提成比例的确定	优点	缺点
完成目标后提成比例增大	鼓励销售人员卖出尽可能多的产品，实现尽可能大的销售额	在实际完成销售额相同的情况下，目标值定得越低，销售人员能够拿到的提成越多
提成比例保持不变	能在一定程度上激励销售人员完成尽可能多的销售额，同时由于销售提成不与销售目标值挂钩，因此在制定销售目标时销售人员不会因追求更高的销售提成而有意地要求降低销售目标，使得销售额目标值的制定更接近于实际	由于销售提成比例与目标值无关，因此销售人员没有定量完成销售额的压力，导致销售人员的动力不足；由于没有目标值的约束，销售人员实际完成的销售额难以预测，不利于企业生产计划与财务预算的制定
提成比例在达到目标后降低	鼓励销售人员根据实际情况上报销售额目标值，并努力将其实现。无论销售人员实际完成的销售额为多少，销售目标定得越高，其所获销售提成就越多	操作难度较高，两个提成比例的制定要经过精确的预估和计算才能确定。另外，在销售人员完成销售目标后，不能有效地激励销售人员进一步扩大销售量

4. 销售经理薪酬设计

一些公司对销售经理的薪酬都采用既和个人业绩挂钩又和团队业绩挂钩的做法，因此销售经理的年收入＝固定工资＋浮动工资＋个人业绩提成＋团队业绩提成＋年底效益奖励。

也有一些公司的销售经理薪酬只和团队的业绩挂钩，因此，销售经理的年收入＝固定工资＋浮动工资＋团队业绩提成＋年底效益奖励。

很少有公司的销售经理薪酬不与团队业绩挂钩的，其激励效果可想而知，销售经理抱怨做团队领导的收入还不如作为一名普通销售人员的收入高。

以上几种薪酬模式都是明显的结构薪酬，也有为数不少的公司对中层及中层以上的销售团队领导薪酬采取年薪制，其收入直接和公司整体效益挂钩，增加了激励的力度和效度。

至于采取何种方式最好，没有唯一的模式，只有根据公司实际情况和特定环境选择适合自身实际情况的模式，才能更加有利于公司的发展和个人的成长。

5. 薪酬兑现

无论哪一种模式的薪酬设计，薪酬的兑现无疑都是十分重要的一个环节，一些公司虽然薪酬设计得十分合理和科学，但却忽视了对薪酬的兑现环节，从而使薪酬的激励效果大打折扣。薪酬的兑现环节应遵循及时兑现和诚信的原则。

（1）及时兑现原则

根据心理学的调查结果，对于员工一次激励的有效期限一般为30天，也就是说，两次激励的时间间隔不应超过这个期限。在管理学上也讲及时激励，激励的效果和效率才最高。而实际操作中，有些公司会因为销售的产品特性和回款周期的不同，兑现的时间也有所不同。比如根据回款额提成的公司，如果其产品的回款周期较长，短的半年、一年，长的甚至三年、五年，有些公司为了降低公司的运营风险，往往采取货款全部回收或大部分回收后才实际兑现提成，这种做法对于销售人员而言，因为绩效的兑现周期过长，从而大大降低了激励力度，有些时候甚至会起到负激励的作用。

如果既考虑到兑现的及时性，又考虑到公司的经营风险，不妨在提成的设计中采取应收账款延期扣除利润，根据回款比例兑现提成，同时扣除由于延期回款造成的公司利润损失的做法，这样既能达到及时激励销售人员的效果，又能有效地降低公司的呆坏账风险。

（2）诚信原则

这里所说的诚信原则，主要是指公司对员工的诚信。

有些公司期初制定了销售政策及兑现奖励办法，在期末兑现时由于销售人员业绩明显高于目标值，提成或奖金的数额都比较高，因此公司制定了一些附加政策，导致销售人员的提成门槛提高，从而为公司增加利润。这样做从表面上看对公司是有利的，起码从当期利益是有利的，但对于销售人员乃至公司信誉的损害都是非常巨大的，这种损失不只是公司对员工诚信的损失，最终员工也将以未来的低绩效"回报"公司。

初创大规模制造型企业的
薪酬福利设计方法

李　彤

　　薪酬管理效果的好坏，往往不在于薪酬水平的绝对高低，而取决于薪酬的支付是否能恰当地满足被激励者——员工的需求。

　　随着中国作为世界制造中心地位的增强和国内制造能力的持续提升，越来越多的大型制造企业脱颖而出，这些企业有的是某制造集团新成立的下属公司，有的是强强合作的新生儿，有的是产业整合后诞生的生力军。它们从诞生之日起，就承担着领导行业发展、振兴市场的重任，并迅速投入到市场的拼杀中去。

　　规模制造型企业在成立初期的重点工作之一，即是依靠市场化、规范化的薪酬体系，吸引和保留高素质的员工，并激励员工为了企业的超速发展而贡献才智。

　　这样的企业虽然实力超群、前途远大，但在初创期间同样具有难以克服的弱点，其在薪酬体系中的问题主要表现在：一是整合后的企业文化冲突将影响薪酬策略的制订与执行；二是这类企业的很多员工来源于其母公司或股权公司，新公司独立运行后也和母公司（股权公司）保持着人员交流，如何在新公司的高水平薪酬与母公司（股权公司）的人员心理稳定性之间取得平衡，避免母公司（股权公司）人员的薪酬不公平感，是必须要面对和解决的难题；三是新公司的品牌尚未建立，产能尚未完全发挥，短期内薪酬和福利水平不可能太高，只有给应聘者充分展示出薪酬和福利的增长性，才能吸引和留住企业需要的顶尖人才。

　　笔者在一个初创大型制造企业的咨询过程中就遇到了上述各方面的典型问题，以下就将笔者针对上述问题的工作思路和方法做简单介绍，以供志同道合者参考。

1. 企业特点

ZCSJ 有限公司是由国内上市企业 HDZJ 与日本 SJ 集团合资成立，生产船用机械的大型制造企业。ZCSJ 公司在成立之初即确定了"产能世界第一，技术国内第一"的发展目标，并投入了巨额的资金和精兵强将。

ZCSJ 公司的股权特点和它的投资规模、战略定位决定了其具有不同于一般企业的薪酬特点：

◆ 企业的管理理念、管理水平必须与企业的行业定位、经营水平相适应。作为 ZCSJ 公司管理体系搭建的第一步，薪酬福利制度的设计必须体现出科学、先进、系统的特点；

◆ ZCSJ 公司的股权特点决定了它必须适应中国员工的管理特性，同时又必须被中、日双方管理者所认可与接受。在薪酬福利体系的设计中，需要充分考虑中国员工高流动性、强激励性的特点；

◆ 薪酬水平的提升往往是与企业效益、劳动生产率的提升相联系的。企业规模、企业效益的提高是渐进的过程，与之相适应，ZCSJ 公司员工薪酬水平的提升也应该是一个逐步的过程；

◆ ZCSJ 公司处于诞生之初，但 ZCSJ 公司的员工却有其历史沿革，员工们一只眼看着世界先进的生产技术与经营规模，另一只眼看着其他企业的报酬待遇，因此，员工在衡量 ZCSJ 公司的薪酬体系与薪酬福利水平时，都会以其母公司 HDZJ 作为重要参考。

2. ZCSJ 的薪酬理念与方法

东方人的报酬观念自古是"不患寡而患不均"，西方心理学家也告诉我们，员工更加在意的是报酬的"相对高低"，因此，"公平"就成为衡量薪酬福利体系的最重要标准。

（1）外部公平

核心员工是企业保持核心竞争力的关键因素，而导致核心员工流失的关键原因，往往是企业薪酬水平与市场上其他企业薪酬相比偏低。为了保证 ZCSJ 公司薪酬水平的竞争力，我们通过正规的薪酬调研机构，采用规范的薪酬调研手段与方法，采集到与 ZCSJ 公司特性相似的企业的薪酬数据，通过比较分析的方式拟订了 ZCSJ 公司的薪酬水平。目前拟订的 ZCSJ 公司薪酬水平处于市场 75 分位与 50 分位之间，比其母公司 HDZJ 相应岗位的薪酬略高。这样的薪酬定位一方面赋予其一定的市场竞争力，另一方面符合 ZCSJ 公司近几年的生产规模与企业预期效益，同时利于吸引和稳定原 HDZJ 员工在新公司安心工作。

（2）内部公平

被激励者心目中的内部公平包括两个方面：其一是影响更大、要求更高的岗位，薪酬水平相对更高；其二是付出多、贡献大的员工比贡献少的员工的薪酬更高。

为了取得第一个方面的内部公平，我们应用了"岗位价值评估"的方法来衡量不同岗位价值水平及其相应的薪酬水平。"岗位价值评估"借鉴国际先进的岗位价值评估系统，从"教育背景"、"工作经验"、"知识技能"、"沟通难度"、"工作难度"、"管理难度"、"责任范围"、"影响程度"、"工作安全性与稳定性"等方面，全面系统地对所有岗位进行了评价和排序，排序结果最后经过 ZCSJ 公司高管的综合考虑与宏观调整，具备了很强的公平性和说服力。

为了体现"效率优先，兼顾公平"的分配原则，激励员工多劳多得，我们在薪酬体系中设计了"绩效工资"部分，并针对不同层级员工的特点设计了不同的"绩效工资比例"，比如职级较高、对最终结果控制力较强的岗位绩效工资额度更大，反之更小，从而使员工的绩效工资真正与其绩效水平相匹配；同时，为了使日方管理人员理解中方员工的激励特点，项目组还列举了××网 2005 年中国企业绩效考核现状调查数据说明进行绩效考核与设置绩效工资的必要性。

（3）自我公平

自我公平一方面是指当员工能力和绩效水平提升时，其薪酬水平应该相应提高，为此我们设计了 ZCSJ 公司的薪等薪级体系和简单易行的人岗匹配系统，使得员工在其岗位上随着能力的不同具有不同的薪酬水平。

自我公平的另一个方面，是在某一个岗位上工作的员工，随着其岗位技能的提升，其薪酬应该能够随之持续提升，甚至达到更高职级岗位的薪酬水平（例如，一个非常熟练的职能人员，其薪酬水平应能达到科级、副科级岗位的薪酬），只有这样，才不会因为职级的限制而导致员工因发展受阻而流失（如果在企业中，只有随着职级的提高，薪酬水平才能大幅增加，同时由于随着职级的提高其数量逐渐减少，就会使很多的员工因看不到晋升和涨薪的明朗前景而离开企业）。为了解决这个问题，我们在 ZCSJ 公司的薪等薪级设计中，使每个薪等的薪酬与更高薪等的薪酬具有一定的重合度，从而使得员工即使在本岗位上得不到晋升，只要安心工作、不断提升，同样可以获得高水平的薪酬。目前，很多管理水平先进的大型企业如中国电信、上汽集团、东风日产、西门子、三星都是采用这样的薪酬结构。

3．ZCSJ 公司薪酬福利方案的细节特点

联想集团董事长柳传志说，企业管理好比做菜，厨师水平的高低往往体现在细节的处理上。ZCSJ 公司薪酬福利方案借鉴了很多优秀企业的做法，借助双方项目组丰厚的项目经验，在细节处理上具有明显的特点：

在薪等薪级的设计中，根据 ZCSJ 公司员工晋升频率和发展特点来设计薪等和薪级的数量，使得薪等薪级的设置简单易行，同时又给予员工较大的发展空间。

◆ 根据人岗匹配的原则与方法确定员工的最初薪级。在员工岗位变化导致薪酬提升时，设定"就近更高"的原则，即晋升到上一薪等中，比目前薪酬高，同时离目前薪酬最近的薪级。

◆ 年功工资的设计，在员工进入公司 14 年后实行封顶，一方面更有利于控制薪酬成本，另一方面避免由于老员工年功工资过高，而降低了绩效工资对他们的激励作用。

◆ 设置总经理特别奖，凸现了薪酬规范性和灵活性的平衡。

◆ 将年终奖与绩效考核成绩挂钩，增强了年终奖的激励效应。

◆ 设置了可选福利，一方面使员工的福利激励更有针对性，另一方面"福利弹性支出账户"的设置，使得员工的未来福利收益"目前可见，将来可得"，更有利于留住员工。

薪酬福利调研报告的应用

邢丽娜

薪酬不能太高，也不能太低，太高了加大公司成本，太低了又缺乏竞争力，那么怎样确定适当的薪酬标准，制定合理的薪酬结构呢？目前比较流行的一种方式就是进行外部薪酬福利调研。通过调研，了解劳动力市场的需求状况，掌握企业所需要人才的价格行情，制定正确的薪酬策略，有效地控制企业的人力成本。目前的外部薪酬福利调研主要以行业、区域两个纬度进行，那么行业报告和区域报告又有什么不同？企业的 HR 们结合自身情况该选择参与哪些方面的调研？拿到报告后又将如何应用呢？

1. 行业报告与区域报告的不同

（1）采集的企业样本不同

行业调研主要针对同行业内具有竞争关系，具有相同的经营目标、人才需求结构也相似的企业。一般发起行业调研的企业主要包括本行业内标杆企业、处在快速发展期的企业和战略转型期的企业。

本区域比较知名的企业，从运营模式到企业管理都比较先进，具有借鉴意义。一般发起区域调研的主要是第三方咨询服务机构。

（2）调研口径不同

行业调研主要关注本行业关键岗位，搜集的薪酬信息聚焦在关键岗位的薪酬福利组成和发展趋势，体现的是整个行业共同关注的岗位信息情况和薪酬水平。

区域调研结合宏观发展趋势，体现本区域总体薪酬发展趋势和不同性质企业之间流通性强的通用岗位信息。

根据以上不同目标，第三方薪酬福利调研公司在设计薪酬福利调研科目上也会各有侧重。行业调研主要偏重于岗位信息的搜集，而区域调研除了岗位信息搜集外，还有补充整体宏观经济走势的调研，例如 GDP、通货膨胀率与员工离职率、调薪率的比较等。

（3）报告展现内容不同

行业报告主要提供此行业关键岗位的信息，包括任职资格、学历和工作经验的要求、岗位薪资结构组成、岗位薪酬发展趋势、岗位薪酬福利各分位值、岗位薪酬偏离度分析等更多与岗位相结合的内容。

区域报告主要提供该区域内各种不同的企业在总体的宏观经济的影响下，在薪酬管理中可共同参考使用的一些数据、指标的比较分析，例如员工的调薪率、离职率分析、应届毕业生起薪点分析等。这些指标和数据受行业影响不是很深，对整个人力资源薪酬管理具有宏观的指导意义。

2. 了解到上述两种性质报告的不同后，在什么情况下参加何种方式的调研

关于这个问题，HR 们心中自有一番衡量，总体来讲，可根据自身的条件，从参加薪酬福利调研的目标和薪酬福利调研报告的具体应用上来区分。

行业薪酬福利调研，开展的背景首先是此行业的人才竞争和流动非常市场化。这种调研方式是大部分企业最先也最容易接受的，一般由第三方调研公司或者某一企业发起，主要参与者是本行业内业务高度相关的企业。发起行业调研的企业多数是本行业内迅速发展的企业或者是处于战略转型期的企业，参查者都非常关注本行业内人才流动的走向和薪酬发展的趋势。因此，如果想了解本行业与岗位相关的薪酬福利信息，可考虑参查行业薪酬福利调研。

区域薪酬福利调研多数情况下是由第三方调研公司发起的，主要是本区域内标杆企业之间相互的比较，比较的数据和指标偏重在薪酬管理上。因此，如果企业自身的薪酬管理策略准备调整，欲了解整体薪酬发展趋势和借鉴其他标杆企业的做法，可以考虑参查区域薪酬调查。

3. 拿到一份薪酬调研报告时，应关注哪些信息，如何充分使用这些信息

首先，应关注参查企业与自身的相关性，主要参考薪酬调研报告中企业信息部分的分析，在行业报告中只有那些与自身条件具有可比性的企业，其

提供的薪酬福利信息才具有较大的参考意义。

其次，观察自身企业在行业整体薪酬市场中的水平，其薪酬曲线对企业决定薪资策略具有非常重要的意义。如图 3-9 所示。

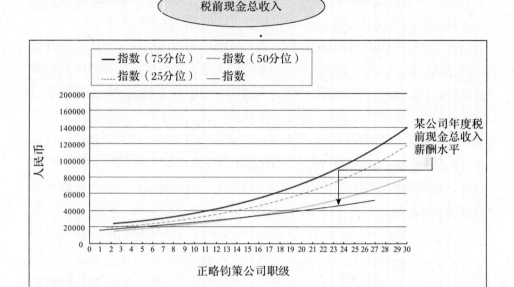

图 3-9

从上图可以看出，该企业年度税前现金总收入的薪酬曲线都是沿着市场的中位值往下走的，说明其薪资水平在市场的 25% ~ 50%，职位在 15 级以上的薪资水平均在市场的 25 分位值之下，这可能会导致一部分中高层员工和核心技术人员工作积极性不高，甚至会导致核心员工的流失，需要做出相应的调整。

企业将自身的薪酬水平定在一个什么样的水平上，会受到很多因素的影响。从外部讲，国家的宏观经济政策、GDP、通货膨胀率、行业特点和行业人才竞争状况等都对企业的薪酬策略有着不同程度的影响。从内部来讲，企业自身的盈利能力、支付能力、人员的素质结构等都是薪酬定位的关键因素。另外，企业的发展阶段、人才招聘的难度、公司品牌的影响力和公司自身的综合实力也是重要因素。

再次，分析行业薪资结构和工资增长率，可以为企业自身薪资结构的调整和人员工资调整的决策提供重要依据。

第四，分析具体岗位薪酬福利信息，可获得本行业或本区域该岗位薪酬福利在不同分位值的具体数据，为具体岗位薪酬水平的调整和招聘提供重要的参考数据。

最后，根据报告的岗位偏离度分析，可获得企业职位的薪酬数据值在市场该职位中位值之间的差异，一般以偏离度正负不超过10%为正常。

在全球经济日趋一体化的今天，人力资源已成为组织获取和维系竞争优势的关键要素，因此人才的竞争更加激烈。人力资源领域内所带来的最直接的竞争后果，就是薪酬的剧烈动荡，所有竞争对手将竞相支付高于市场平均价格的薪金，导致人力资源的价格节节攀升。传统的工作价值论将逐渐向市场价值论过渡，外部薪酬调研作为获取市场薪酬信息的一种重要途径，对企业HR薪酬策略的制定和日常的薪酬管理工作将发挥越来越大的作用。科学、合理、有效地参与调研并使用调研报告将为下一步薪酬工作的展开提供重要的市场数据支持。

如何有效进行绩效管理和薪酬管理
工作年终盘点

刘航平

T 公司是一家房地产公司，实施平衡计分卡考核，其学习与发展维度要求人力资源部在现有工作的基础上实现管理提升，于是 T 公司人力资源部准备年终在全公司范围内开展人力资源管理工作，重点是针对绩效管理和薪酬方面的意见和建议的调查，以便于持续改进公司的绩效管理和薪酬管理工作，实现管理提升。调查的目的可以概括为收集真实信息，合理解决问题。那么，究竟如何才能有效地调查全年的绩效管理和薪酬工作情况呢？向谁调查以及调查什么呢？

完整盘点绩效管理和薪酬福利管理工作

完整的绩效管理除了绩效考核内容、绩效考核周期、绩效考核流程等内容外，还包括绩效管理参与者、考核结果应用以及绩效沟通等工作（如图3-10所示）。因此，进行人力资源绩效管理工作盘点需要涉及以下 5 个要素的内容。

盘点要素 1——绩效管理参与者是否层级全面、责任明确

绩效管理工作是常规的人力资源管理工作，人力资源部在其中扮演着三种角色：绩效管理制度的制订者、方法操作的培训者和考核工作的组织者。但绩效管理参与者决不仅仅是人力资源部自身，能否有效实施绩效管理还涉及到公司其他人员。在平时的绩效管理工作中，公司高层的支持、各部门负责人的配合、员工个人的努力都有所体现。

◆ 公司高层。绩效管理成功与否与公司高层的支持程度密切相关，公司高层是绩效管理体系的推动者和绩效管理制度最终的决策者。

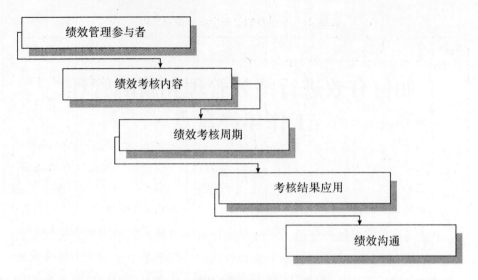

图3-10　绩效管理体系的构成要素

◆ 各部门负责人。部门负责人是绩效管理制度的执行者和提升部门团队绩效的责任人。因为受专业所限，绩效管理工作的目标能否实现往往不是靠人力资源部单方面努力就能够实现的，各部门负责人需要在制订绩效管理计划时做到有效分解绩效任务，没有遗漏且避免重叠。同时，在绩效目标实现过程中，对员工给予工作辅导，帮助员工及时解决问题，以及在绩效考核时不忽视绩效反馈和绩效沟通，帮助员工改进和提高个人素质，全程都需要部门负责人的充分参与。忽视哪个环节的工作，绩效管理工作都是不完整的。

◆ 每一位员工。员工是个人绩效提升的责任人和组织绩效提升的载体。员工应该对绩效管理采取积极态度，通过公司绩效管理认知自我，通过与公司主管领导充分沟通，以期更好地将自身发展同企业发展目标结合，共同提升绩效。

盘点要素2——绩效考核指标是否合适、可操作

绩效考核内容的主体部分是绩效考核指标。除了具有导向性作用外，绩效考核指标还犹如"尚方宝剑"，保证奖罚分明。T公司的绩效指标大致分为五类，如表3-21所示。

表 3-21　T 公司的绩效指标分类及内容

类别	定义	设计要点	举例
企业关键绩效指标	考核企业经营目标的实现情况,该类指标直接体现企业的发展战略要求,与企业年终效益奖金的总额挂钩,关系到企业每名成员的收益	➢ 战略导向性 ➢ 可以借鉴平衡计分卡思想从四个维度全面设计指标	➢ 财务维度:提高收入和利润,控制成本,保持合理财务结构; ➢ 客户维度:强化品牌知名度,提高客户满意度和市场占有率; ➢ 内部运营维度:健全运营管理体系,提高运营效率; ➢ 学习与发展维度:加强制度创新,打造管理平台,提高管理能力
部门关键绩效指标	考核部门的主要业绩结果,考核结果与本部门所有成员年终奖金挂钩	➢ 在战略发展要求指导下,根据部门职责定位确定 ➢ 可实现、可操作	人力资源部关键业绩指标: ➢ 招聘岗位到位率; ➢ 人工成本控制率; ➢ 人均培训课时完成率……
岗位关键绩效指标	考核岗位的关键绩效,考核结果类指标,还考核过程类指标,目的在于引导员工注意自身的工作方法的改进和工作效率的提高	➢ 在部门关键业绩指标的指导下,根据岗位设置目的确定 ➢ 可实现、可操作、有时间要求	人力资源部绩效主管岗位关键业绩指标: 绩效考核计划完成率,具体包括评价绩效考核工作的组织、相关辅导、材料回收情况等
工作计划考核指标	考核岗位工作计划目标的完成情况,适用于职能管理岗位员工	全面,同时保证计划的灵活性,不是为制订工作计划而制订	人力资源部绩效主管工作计划考核指标: ➢ 在本月 5 日前,完成绩效考核结果的收集; ➢ 在本月 25 日前,完成绩效考核结果的统计工作……

（续表）

类别	定义	设计要点	举例
能力态度考核指标	考核员工在工作中表现出的工作能力和工作态度，传达企业对员工工作能力和态度的期望，对员工行为的改进起到指导作用	➤ 加强量化，避免凭主观印象打分 ➤ 可以借助层级描述法进行分级描述	沟通能力：指的是进行清晰交流和反馈，以快速有效地传递信息和得知他人反应的能力 优秀：能够创造良好的沟通氛围，鼓励人们公开表达他们真实的想法，能够从他人的描述中了解到复杂问题的根本原因，并准确把握他人可能的反应； 良好：同他人就工作中的事情进行交谈和讨论，敏锐发现或领悟他人语言背后潜在的真实想法 合格：别人前来倾诉的时候能够耐心倾听，以了解别人的想法，获得有用信息，对别人陈述的内容进行分析判断，把握主旨； 需改进：缺乏与他人就工作中的事情展开讨论的主动性，总是陈述自己的想法，对他人意见倾听不足，或存有偏见

　　绩效考核既有一定的周期性，也需要动态调整，尤其是在企业战略目标发生调整时，相应的考核指标也需要随之调整，以保证指标的导向性作用，所以一般以年为周期进行指标调整。如何调整绩效考核目标，需要公司高层从企业发展战略调整方面给予指标选取和目标值的指导性意见，同时需要部门负责人从执行层面就具体指标的可操作性提出意见。

盘点要素3——绩效管理周期是否合适

　　考核周期需要在综合权衡企业的业务特点、发展阶段和管理成本等基础上进行选择，比如业务周期较长的企业考核周期也较长，发展步入正规后其考核周期可以适当延长，为减少管理成本也可以适当延长考核周期，相应地，薪酬发放周期也会随之调整。绩效考核周期的选择需要能够及时发现并解决问题，保证事态在可控制范围内，避免因周期过长酿成不可挽回的后果。

T 公司的绩效管理周期主要为年度和季度，基本符合房地产企业业务实现周期较长的特点；同时，鉴于公司还处于成长期，为加强过程控制，T 公司还实施月度工作计划考核。T 公司的绩效管理周期如表 3-22 所示。

表 3-22　T 公司的绩效管理周期及特点

类别	考核周期	考核周期选择说明
企业关键绩效指标	年度	实现周期长
部门关键绩效指标	季度	实现周期较长，同时凭季度考核实现过程控制
岗位关键绩效指标	季度	➢ 实现周期较长，同时凭季度考核实现过程控制 ➢ 配合部门关键业绩指标考核周期
工作计划考核指标	月度	加强月度工作计划的编写，实现过程控制，便于工作指导
能力态度考核指标	年度	实现周期较长

盘点要素 4——考核结果应用是否落到实处

绩效考核结果主要应用于发放薪酬、制订培训计划以及员工职业发展等方面。

绩效管理盘点需要与薪酬管理盘点相联系，主要体现在薪酬发放的依据上。绩效考核结果应该是浮动薪酬，比如奖金发放的主要依据，这样才能保证浮动薪酬的公正性和激励性；在制订培训计划方面，绩效考核结果，包括业绩考核结果和能力态度考核结果，可以作为为员工制订业务技能培训和工作能力培训计划的依据。由来自实际工作效果的培训需求来制订培训计划，能够保证培训计划的针对性。在员工职业发展方面，不但是绩效考核结果，还包括上下级之间的绩效反馈沟通，都可以作为员工制订甚至调整职业发展规划的依据，员工或者通过培训等努力弥补能力的不足，或者根据个人的特质和发展潜力调整职业发展规划，在企业中找到适合自己的位置。考核结果是否与薪酬发放挂钩，是否成为培训计划和员工职业发展的依据，可以通过对广大员工的意见调查获得。

盘点要素5——绩效沟通是否被忽视

绩效考核和绩效管理的重要区别就在于，绩效管理借助绩效沟通成为闭环，以达到持续改进的目的，绩效沟通贯穿整个绩效管理过程。

但在 T 公司的实际工作中，上级草草布置绩效任务，平时工作繁忙，无暇顾及工作辅导，考核结束只告诉员工结果，绩效反馈环节缺失；员工对考核结果不服有情绪，但又认为沟通对改变考核结果无济于事，故不与上级进行沟通等现象时有发生，让绩效管理持续改进的本意大打折扣，导致很多企业还是停留在绩效考核阶段，甚至是为考核而考核，更谈不上改进和提高绩效管理。加强绩效沟通将是 T 公司人力资源部下一年度的工作重点，关于绩效沟通方面存在的问题可以通过对部门负责人和广大员工的意见调查获得。

借助以上绩效管理模型中的五个构成要素可以为绩效管理的年终盘点工作提供指导，做到有的放矢，盘点出企业绩效管理过程中存在的实际问题。

在进行薪酬福利工作盘点时，同样是首先需要明确薪酬体系的构成。薪酬体系的构成内容如图 3-11 所示。

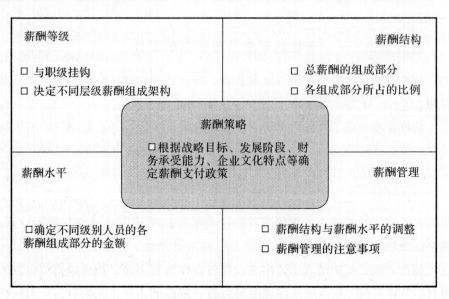

图 3-11　薪酬体系构成图

盘点要素 1——薪酬策略是否符合企业战略发展要求

根据企业战略目标、发展阶段、财务承受能力以及企业文化特点等，薪酬策略主要分为领先者（薪酬水平领先策略）、跟随者（薪酬水平跟随策略）和保持者（人工成本优先策略）三种。T 公司目前处于成长期，薪酬策略采取跟随者策略比较合适。

盘点要素 2——薪酬水平是否与市场接轨

借助专业机构提供的薪酬调查数据确定薪酬水平成为越来越多企业的选择，这样能够得到企业各个层级薪酬水平与行业平均水平的相对值，在制定薪酬水平时不至于脱离行业实际，避免招不到人才或者人工成本过高等现象。T 公司计划在下一年度参加外部薪酬调查。

盘点要素 3——薪酬等级是否能够体现不同的岗位价值、个人能力和工作业绩

T 公司目前的薪酬等级没有拉开差距，同一岗位薪酬带宽过短，经常出现无法为新招人员定薪酬级别的问题。

盘点要素 4——薪酬结构是否体现岗位特点

薪酬结构可以根据固定薪酬和浮动薪酬的比例而定。薪酬管理人员可以根据岗位承担的责任和风险，同时参照行业惯例，确定固定薪酬和浮动薪酬的具体比例。薪酬结构一般的设计原则为中层人员的固定薪酬比例低于普通员工，业务部门的固定薪酬比例低于管理部门。

盘点要素 5——薪酬管理是否动态跟进

薪酬管理非常重要，同时也最容易被忽视。T 公司目前的薪酬管理流于形式，出现企业连续几年薪酬没有变化，中层管理人员和员工的固定薪酬和浮动薪酬比例差异不大等问题。

通过对绩效管理体系和薪酬管理体系构成要素的核心内容和影响因素的分析，T 公司发现单纯的全公司范围内的满意度调查是远远不够的，年终绩效管理和薪酬管理盘点调查需要多方位、多层次以及多手段进行。

◇ 多方位　盘点调查主要分为企业外部调查和内部调查。企业外部调查，主要体现在绩效指标的设计可以参照行业通用的指标，行业通用指标经过多家企业的实际应用，在指标的导向性、可操作性等方面经得起检验；此外，薪酬管理方面薪酬水平和薪酬结构的确定也需要外部调查，不能闭门造车，靠主观推算。内部调查更是年终盘点的重点工作，虽说是年终盘点，但是很多资料来源于平时的工作收集，比如在绩效管理过程中各部门负责人的配合程度等。

◇ 多层级　年终绩效管理和薪酬管理盘点调查既需要公司高层给予方向性引导，尤其是在绩效考核指标的确定和薪酬策略的选择上，又需要在绩效考核内容、考核周期选择等方面向绩效任务的执行者即各部门负责人了解情况；同时，广大员工在考核结果应用、绩效沟通以及薪酬水平满意度等方面也能够给予最真实的反映。

◇ 多手段　这里列举最常用的四种手段。

（1）访谈——主要是针对公司高层，通过访谈以及提交工作计划等方式获得指导和反馈。

（2）问卷调查——对各部门负责人，人力资源部需要做好日常的沟通工作和年终的问卷调查工作，问卷的内容可以根据绩效管理和薪酬管理体系的构成要素进行设计，从而保证问卷能够涵盖可能出现问题的领域。其中，对部门负责人的问卷调查可以是记名的，因为不同性质的部门在考核指标和考核周期等方面的反应可以不同，需要具体分析；对员工的问卷调查需要是不记名的，保证员工能够畅所欲言。

（3）座谈会——根据解决问题的不同，座谈会的参与者可以有所侧重。举行高层和员工的座谈会，目的是让高层了解基层员工的实际工作；让中层列席分解绩效任务的经理办公会，目的是避免绩效任务分解过程中可能出现的信息失真。

（4）外部调查——主要通过每年公布的行业统计数据，以及借助专业机构进行专项调查。

年终盘点的目的是为了持续改进绩效管理工作，实现管理提升，所以如何使用盘点内容才能发挥最大的功效成为年终盘点接下来面临的任务。T 公司人力资源部确定的下一阶段工作思路为：立足企业实际，找出共性问题，解决差异性问题。

◇ 立足企业实际　几乎每家企业都有不尽人意的地方，有些问题是可以改进的，但也有相当多的问题受企业发展阶段和市场定位的影响是无法完全满足的，因此，以最小的人工成本取得最大的激励作用仍然是为数不少的企业人力资源部的重要任务。所以，人力资源部需要立足企业实际解决问题，重点关注企业能够改进的地方，才能取得高层的认同和公司的资源支持。实践证明，管理改进带来的效益是巨大的。

◇ 找出共性问题　从管理成本考虑，需要从林林总总的问题中归纳出共性问题，集中力量加以解决。比较典型的共性问题是绩效沟通问题，员工和部门负责人都反映这个问题。部门负责人和主管高层之间，员工和部门负责人之间都需要整个绩效过程的沟通，所以在营造企业绩效沟通的氛围时，不但在部门内部，从主管高层向部门布置绩效任务开始时就需要做好绩效沟通，取得部门负责人的认同，否则部门负责人就会从一开始就对绩效任务有抵触情绪；同时在绩效任务实现过程中，需要高层对外沟通以及内部不同部门间协调沟通时，能否做到及时沟通并取得外部支持，直接关系着绩效任务的最终实现。

◇ 解决差异性问题　差异性问题存在于不同的职能部门之间，比如业务部门和职能管理部门，业务部门的考核指标多为硬性指标，职能管理部门的考核指标多为工作计划考核，于是容易出现业务部门考核更加容易不合格，感觉好像职能管理部门是"旱涝保收"。这就需要一方面从绩效指标上对职能管理部门考核指标完成情况的层级进行界定，拉开清晰差距，便于考核；另一方面，职能管理部门的奖金发放要比业务部门多一个"业绩系数"，这样职能管理部门的奖金就可以与公司业绩挂钩，间接受业务部门的业绩影响。

经过多方位、多层次以及多手段的年终绩效管理和薪酬管理盘点工作，立足企业实际，找出共性问题，解决差异性问题，T公司的人力资源部不但为公司高层提交了一份满意的年终盘点报告，而且就下一年度的管理提升制订了切实可行的工作计划，从而得到了整个公司的支持。

子公司评价因素模型三步法

刘　竞

随着市场经济的深入，中国的集团化企业往往涉足多个行业、多个领域，如何在集团统一管理的前提下，确定不同子公司总经理的薪酬水平就成为咨询公司设计薪酬体系的一个新课题，而要合理地解决这个问题，笔者认为首先要对子公司在集团内部的相对价值位置进行评价，就像我们对公司内部不同岗位进行价值评估一样，对集团公司的不同子公司也应该建立评估模型，按照同一标准对各个子公司进行价值评估，确定子公司在集团内部的等级，进而确定其总经理相应的薪酬水平。

笔者曾经为一家集团化公司设计子公司高管的激励方案，该方案需要重点解决不同行业、不同性质的子公司总经理的薪酬水平如何确定的问题。由于这家集团公司总部已经没有实体，成为纯粹的管理公司（对集团的资产、投融资等方面进行管理），集团总部没有直接的收入来源，因此衡量子公司对集团公司的价值很重要的一个因素就是子公司对集团公司的贡献——子公司能够上缴给集团公司的利润。其次，子公司的资产规模，子公司对集团公司的组织影响程度包括对集团品牌、战略等方面的影响程度，以及子公司的经营难度等因素，就成为评价子公司价值的评价要素。

为了更好地让客户理解子公司评价模型，同时让客户参与到咨询项目中去，项目组采用了子公司评价模型三步法。第一步，确定子公司的评价因素。项目组设计了子公司评价因素调查表，内容大致如下："为了真实、客观地评价子公司，确定子公司在集团内部的相对位置，我们请您从下述因素中按照重要性由高到低的顺序，选择8～10个因素……"项目组在调查表中罗列了销售收入、成本、利润、成立时间、涉足行业、员工人数、对公司战略决策的影响等18项因素名称，具体如表3-23所示。

表 3-23 子公司总评价因素表

序号	1	2	3	4	5	6	7	8	9	10	11	12	13	14	15	16	17	18
因素名称	资产规模	销售收入	利润	集团外销售比	上缴集团数额	对集团战略影响度	对集团品牌影响度	对集团核心竞争力影响度	对集团企业文化建设影响度	对集团决策影响度	成本控制降低率	在所属行业中的相对位置	发展阶段	产业多元化	地域多元化	人员结构	员工人数	每股收益率

同时，项目要求集团公司中高层领导和子公司经营班子成员填写调查表，根据回收的调查表内容统计，项目组确定了评价该集团公司子公司的因素名称，主要有资产规模、销售收入、利润、上缴集团公司贡献、对集团战略的影响度、对集团品牌建设的影响度、对集团核心竞争力的影响度、产业多元化、地域多元化等 11 个子因素，同时请集团公司七位高层领导对确定出来的评价因素进行了重要性排序，由此项目组确定了各个因素所占的权重，具体如表 3-24 所示。

表 3-24 子公司评价因素名称表

因素名称	子因素		权重
	序号	名称	
组织规模	1	资产规模	15%
	2	销售收入	15%
	3	利润	25%
	4	上缴集团数额	25%

（续表）

因素名称	子因素		权重
	序号	名称	
组织影响度	5	对集团战略决策的影响度	4%
	6	对集团品牌建设的影响度	3%
	7	对集团核心竞争力的影响度	3%
经营难度	8	发展阶段	3%
	9	产业多元化	3%
	10	地域多元化	2%
	11	员工人数	2%

第二步，确定评价因素的评价标准。我们确定了评价因素之后，还要建立各个因素的评价标准。项目组认真分析了各个子公司的资产负债表、信息统计表，并与集团公司财务、企管等部门相关人员进行了充分探讨，最终确定各个评价因素的评价标准，如表3-25所示。

表3-25 子公司评价因素表

因素名称	子因素		评价级别		
	序号	名称	1	2	3
组织规模	1	资产规模	小于1亿元	1亿~4亿元	大于4亿元
	2	销售收入	小于1000万元	1000万~5000万元	大于5000万元
	3	利润	小于1000万元	1000万~3000万元	大于3000万元
	4	上缴集团数额	小于500万元	500万~2000万元	大于2000万元

（续表）

因素名称	子因素		评价级别		
	序号	名称	1	2	3
组织影响度	5	对集团战略决策的影响度	影响较小	影响一般	影响较大
	6	对集团品牌建设的影响度	影响较小	影响一般	影响较大
	7	对集团核心竞争力的影响度	影响较小	影响一般	影响较大
经营难度	8	发展阶段	大于5年	2~5年	小于2年
	9	产业多元化	1个行业	2个行业	3个以上
	10	地域多元化	省内	国内	海内外
	11	员工人数	小于200人	200~800人	大于800人

其中，组织影响度属于定性评价因素，影响较大指该子公司的发展好坏对集团公司起到举足轻重的作用；影响一般是指子公司的发展对集团有一定的影响，但还不足以构成绝对影响；影响较小指子公司的发展对集团的影响可以忽略不计。

第三步，对评价因素的不同级别赋予不同的分值，从而对子公司进行评价，得出子公司的系数，其中1级赋予1分，2级赋予2分，3级赋予3分。通过上表我们可以看出，组织规模和经营难度因素都有准确的数字可以直接进行计算，而组织影响度是个软性因素，不能用数字直接表示。项目组请集团高层领导对所有子公司对组织的影响度进行了打分，以该结果作为各个子公司组织影响度的结果。采用这种方法，项目组对该集团公司的所有子公司进行了评价，并得出了各个子公司的等级系数，即：子公司系数（Z）＝组织规模（G）×80%＋组织影响度（Y）×10%＋经营难度（N）×10%。该集团子公司系数得分从1.0~2.3分不等，项目组采用等差方法，将分数分成三段，从而将子公司分为三级，结果如表3-26所示。

表 3-26

子公司系数	子公司等级
$1.80 < Z$	D1
$1.40 < Z \leqslant 1.80$	D2
$Z \leqslant 1.40$	D3

采用上述方法，项目组建立评价该集团公司子公司的评价模型，并得出了各个子公司的评价系数，并由此对子公司进行了分级。由于咨询过程中项目组注重客户方的参与和沟通，该评价模型受到了客户的认可，并作为该集团公司内部评价子公司的依据。通过这种方法，项目组将所有子公司分为3级，依据级别确定了不同子公司总经理的薪酬水平，D1级子公司总经理薪酬水平最高，固定月薪基数达到了 20 000 元，D2 级子公司总经理月度薪金为 15 000 元，D3 级子公司总经理月薪为 10 000 元，并设计了激励方案，受到了客户的好评。

不过，该评价模型还存在很多不足的方面，如果能有更多集团化公司的数据做支持和分析，对组织影响度这个因素采用量化的评价标准，就能更好地加强该模型的理论性、科学性和可操作性。笔者仅在此提供一种解决思路，不妥之处，还望读者多提宝贵意见。

企业年金
——长期激励的福利项目设计

吕　嵘

一、企业年金介绍

企业年金，是我国为建立多层次的养老保险制度，更好地保障企业职工退休后的生活，完善社会保障体系而制定的一种补充养老保险制度，是在企业及其职工依法参加基本养老保险的基础上，自愿建立的补充养老保险制度。

企业年金是职工工作期间所得劳动报酬的延期支付，对职工具有报酬、福利、激励、投资、养老保障等多重功能，企业年金计划已成为企业吸引并留住人才的重要手段。因此，企业年金是职工福利体系的重要组成部分。

建立企业年金的企业，需要符合下列条件：

◆ 依法参加基本养老保险并履行缴费义务；

◆ 具有相应的经济负担能力；

◆ 已建立集体协商机制。

建立企业年金的企业及其职工作为委托人，应当确定企业年金受托机构管理企业年金。受托人可以是企业成立的企业年金理事会，也可以是符合国家规定的法人受托机构。

受托人与企业年金基金账户管理机构、企业年金基金托管机构和企业年金基金投资管理机构，按照国家有关规定建立书面合同关系。这些机构在企业年金的管理与运行中各自发挥不同的作用，履行不同的职责。

二、企业年金对企业与职工的意义

对于大多数企业而言，企业年金还是一个相当陌生的概念。但是，企业年金在发达国家已有二百多年的发展历史，成为国家养老保障体系的重要支柱之一。

企业年金在国外被称为"雇主养老金"（employer's pension）、"职业养老金"（occupation pension）、"私人养老金"（private pension），是指企业为其职工提供的养老金。

从国外的发展与实践来看，企业年金对于吸引、留住、激励和开发职工具有重要的意义。

研究表明，福利更能留住职工，福利水平越高，职工流动性就越小。进一步的研究表明，养老金和医疗保险最能制约职工流动。

2000 年对加拿大工业、金融业等 450 家企业中层管理者的薪酬调查发现，企业年金占其全部薪酬总额的 5%，占其福利总额的 20%。德国西部制造业在 20 世纪 90 年代以来，企业年金占全部薪酬总额的 7% 左右，占福利总额的 16% 左右。在美国，企业年金提供的养老金相当于职工退休前平均工资的 30%、基本养老金的约 40%。

另外，企业年金一般由企业和职工共同缴费建立，使职工参与到企业的利润分配和经营管理中，而且企业年金的多少取决于企业的实际经营状况，从而将职工的利益与企业利益更加紧密地联系起来，可以激发职工的劳动积极性和创造力。

同时，企业年金是职工退休后才能领取的收入，职工退休时是否能真正得到这笔收入要取决于其在提供企业年金的企业工作的年限（资历）。因此，企业年金鼓励职工与其雇主建立长期雇佣关系。

在我国，据悉，联想集团是第一个在国家劳动和社会保障部进行企业年金计划备案的企业，约有 70% 的职工已加入企业年金计划。企业年金对人才的吸引效果十分明显，自 2004 年筹备企业年金计划以来，联想集团的职工离职比例也大幅降低。

三、企业年金设计操作案例

A 公司是一家由国有企业改制而来的现代化上市公司，自成立五十多年以来，公司已经从一个小规模的生产企业逐步发展成国内同类产品的最大供应商和最大出口商，在国内同类产品生产领域中处于主导地位。

公司自 1997 年起开始建立企业年金福利制度，企业年金基金主要采取平均主义的方式为员工进行分配，分配要素比较单一，企业年金基金没有与职工贡献等方面挂钩分配。经过几年的运行，年金福利制度未能更好地体现出对职工的激励性，因此，公司准备对现行的企业年金制度进行变革。

对 A 公司企业年金分配方式进行变革的设计方案与步骤如下：

（一）确定企业年金基金的组成

企业年金所需费用由企业和职工个人共同缴纳，分别为企业缴费与职工个人缴费。企业年金基金主要由以下三部分组成。

1）企业缴费；

2）职工个人缴费；

3）企业年金基金投资运营收益。

其中，企业年金基金可以按照国家规定投资运营，企业年金基金投资运营收益并入企业年金基金。

（二）确定企业年金基金的缴费来源与缴费水平

为更好地使企业年金与公司的经济效益挂钩，企业缴费部分的年金基金按照职工上年度计税工资总额的一定比例提取缴存基值（缴存基值再用个人综合系数来调节）。其中工资总额的缴存比例参照企业年金上年度缴存比例，根据企业利润完成情况浮动。

个人缴费由企业从职工个人工资中按照工资总额的一定比例代扣。

（三）用不同的分配系数来调节企业对职工的企业年金分配方式

从企业厂龄、岗位、突出贡献奖励等方面设计企业年金分配方式，体现不同职工的企业年金缴费基金的差异。

企业缴费 = 缴存基值 × 个人综合系数 + 突出贡献奖励
其中，个人综合系数 = 厂龄系数 + 岗位系数。

缴存基值：按照职工上年度计税工资总额的一定比例来提取。

厂龄系数：根据在公司服务的工作年限来确定。

岗位系数：确定公司关键岗位的系数。

突出贡献奖励：主要针对公司年度绩效考核优秀者和公司有突出贡献者（劳动模范等各种优秀称号获得者、杰出科技贡献者等），奖励一定金额。

（四）确定个人综合系数的制定方法与相应标准

1. 厂龄系数制定方法示例

厂龄是企业年金中的一个重要影响因素，可以采取"分段法"来计算企业年金，体现对在本企业不同工作年限职工的回报，具有对职工的长期激励作用。如图3-12所示。

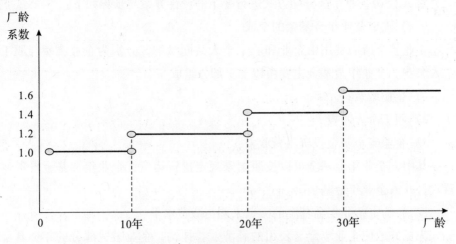

图3-12　分段法计算厂龄系数示例图

厂龄系数按0.2/10年递增，增加到1.6则保持极限，不再增加，如表3-27所示。

表3-27

厂龄	1~9年	10~19年	20~29年	30年以上
厂龄系数	1.0	1.2	1.4	1.6

2. 岗位系数制定方法示例

为更好地体现公司关键岗位的作用，企业年金分配向关键岗位倾斜，岗位系数主要用于对关键岗位进行确定，如表3-28所示。

表3-28

岗位序列	经营管理序列		研发序列	技术序列	销售序列	操作序列
关键岗位	中层管理岗位	高层管理岗位	高级研发人员以上	高级工程师以上	高级销售人员以上	高级技师以上
岗位系数	S1	S2	S3	S4	S5	S6

3. 突出贡献奖的制定方法示例

采取一次性奖励的方式：企业为有突出贡献的职工或绩优职工增加一次性奖励，并记入职工企业年金个人账户，如为突出贡献人员增加奖励1000元。

（五）确定不同工作年限职工的企业年金分配方式

考虑企业年金实施时间和职工退休年限等因素，确定不同工作年限职工的企业年金分配方式，整个年金分配方案的设计包括以下三个部分。

（1）老人：对于已退休的人员，按照原企业年金发放标准执行，根据公司新政策调节。对于发放标准，企业可以按照一定的替代率确定领取标准，这部分缴费不再进入个人账户投资增值。

（2）中人：企业按照上述用分配系数进行调节的分配方案，考虑厂龄、岗位、突出贡献奖励等因素确定缴费标准，每月缴费。

（3）临近退休的人员：每月缴费标准和中青年职工相同。由于其积累时间短，另外确定年金调节金，作为补偿金额，该缴费进入个人已归属账户。

（六）企业年金基金测算

企业年金分配方案初步设计完成以后，需要对方案中的相关数据进行反复测算，以确定合理的数值。如：职工工资总额的提取比例，按照国家有关规定，从总数上来说，企业缴费每年不超过本企业上年度职工工资总额的1/12，企业和职工个人缴费合计一般不超过本企业上年度职工工资总额的1/6。

测算高收入者和低收入者之间的企业年金的倍数，以控制合理的差距；同时，既能体现对核心关键岗位的激励作用，又能避免这部分的成本过高，超出企业的承受能力。

四、企业年金设计考虑因素

1. 遵守国家现有的政策法规

企业在制定各自的年金方案时，需要遵照我国《企业年金试行办法》和《企业年金基金管理试行办法》的政策法规，其方案的具体内容和条款不能与之相冲突。这两个《试行办法》属于方向性和原则性的，给企业灵活设计适合自身需要的企业年金计划留下了较大空间。

2. 合理设计企业年金分配要素

（1）企业年金分配向关键岗位与核心人才倾斜，体现年金分配的差异性。企业年金不同于政府提供的公共养老金，后者属于公共产品，注重公平，企业年金是一种私人产品，注重激励效应。因此，在设计企业年金时，应根据有利于吸引、留住和激励核心人才的人力资源管理战略目标，实施年金分配的差别对待政策，将政策向这些关键职工、骨干职工适当倾斜。

按照国家有关政策的规定，管理、技术、业绩、历史贡献和技能等要素均可以参加企业年金的分配；在设计企业年金实施方案时，可以将职工的职务、职称、工龄和工作岗位等因素进行综合考虑，设计不同的分配方法。

（2）考虑整体薪酬体系的分配要素，避免重复分配。设计企业年金分配要素时，还要考虑公司整体收入分配是一个完整的分配体系，减少分配要素重复参与分配的现象。

3. 确定合理的年金差距，兼顾内部公平性

企业年金属于职工福利的范畴，而职工福利具有一定普惠制的特点，因此企业年金的设计在向关键岗位倾斜的同时，还要兼顾公平，避免歧视性待遇。歧视性待遇是指高收入职工的企业年金缴费比率大大高于低收入职工的企业年金缴费比率，从而使企业的资源过分投向高收入职工，并使高收入职工获得更多的税收优惠。

在企业缴费部分向职工个人账户分配资金时，要综合考虑职工的岗位、贡献、在本企业工作年限、年龄等因素，适当拉开档次，但要注意将高收入者和低收入者之间的企业年金差距控制在一定限度内。

据一项调查显示，56% 的职工可以接受的差别范围是 4 倍以内。《广东省企业年金实施意见》中规定，企业年金差距最高不得超过全体职工平均数的 5 倍。

4. 确定合理的企业年金缴费水平

从企业年金的本质属性来看，企业年金是雇主（企业）为实现其经营管理目标，向职工提供的一种养老保障。因此，企业年金计划的设计必须首先符合企业的利益趋向，根据企业的实际经营状况，确定适宜的缴付方式与缴费水平。企业年金计划可以采取确定缴费计划、利润分享计划、职工持股计划或组合计划等不同方式。

《正略钧策管理评论（第1辑）
——职业发展·素质测评·薪酬绩效》
编读互动信息卡

亲爱的读者：

感谢您购买本书。请您详细填写本卡并邮寄或传真给我们（复印有效），以便我们能够为您提供更多的最新图书信息，并可在您向我们邮购图书时获得免收图书邮寄费的优惠。

您获得本书的途径

○书店（　　　　　省/区　　　　市　　　　县　　　　　　　　书店）

○商场（　　　　　省/区　　　　市　　　　县　　　　　　　商场）

○网站（网址是　　　　　　　　　　　　　　　　　　　　　　　）

○邮购（我是向　　　　　　　　　　　　　　　　　　　邮购的）

○其他（请注明方式：　　　　　　　　　　　　　　　　　　　　）

哪些因素促使您购买本书（可多选）

○本书摆放在书店显著位置　　　○封面推荐　　　　　○书名

○作者及出版社　　　　　　　　○封面设计及版式　　○媒体书评

○前言　　　　　　　　　　　　○内容　　　　　　　○价格

○其他（　　　　　　　　　　　　　　　　　　　　　　　　　）

您最近三个月购买的其他经济管理类图书有

1.《　　　　　　　》　　2.《　　　　　　　　　》

3.《　　　　　　　》　　4.《　　　　　　　　　》

请附阁下资料，便于我们向您提供图书信息

姓名　　　　　　　出生年月　　　　　　文化程度

单位　　　　　　　职　务　　　　　　　联系电话

地址

邮编　　　　　　　电子邮箱

地　　址：北京市崇文区龙潭路甲 3 号翔龙大厦 218 室

北京普华文化发展有限公司市场营销部

邮　　编：100061

传　　真：010 – 67120121

服务热线：010 – 67129879　67133495 – 818/815

网　　址：http://www.ptpress.com.cn

编辑信箱：puhuabook830@126.com